双葉文庫

居眠り磐音 江戸双紙

木槿ノ賦

佐伯泰英

目次

木槿ノ賦　居眠り磐音　江戸双紙

第一章　若武者

一

天明(てんめい)三年（一七八三）の夏が終わりに差しかかった頃、江戸各所で異変が相次いだ。

御米蔵に棲(す)んでいた大量の鼠(ねずみ)が大川に飛び込み、対岸へと泳ぎ渡る光景が見られたり、何百年も枯渇(こかつ)することなく水を湛(たた)えていた井戸の水位が下がったり、次の日には反対に溢(あふ)れんばかりになったとか、そのような類の異変だ。そんな話が重なったために巷(ちまた)では、

「おい、なんぞ起こる前触れじゃねえか」

「いいことか、悪いことか」

「こんな時は瑞兆じゃねえよ、凶事に決まってら」

「春から夏にかけてよ、気候だって落ち着いていたがね、どうするよ」

「米を買い込もう。差し当たって当座の食い扶持に一、二俵、米屋の番頭に掛け合って、うちの長屋に届けさせねえ」

「なんとも豪儀だね。せいぜい一升買いが限度の長屋で一俵だ二俵だと。へそが茶を沸かすぜ」

「話くらい景気がよくたっていいじゃねえか」

などという問答があちらこちらで聞かれた。

隅田川左岸の小梅村では三代の暮らしが穏やかにも続いて、坂崎正睦、照埜夫婦はすっかり小梅村の住人らしくなっていた。

とはいえ、正睦は外様大名豊後関前藩六万石の国家老だ。

毎朝、霧子船頭の猪牙舟で大川を下って神田川に入り、昌平橋の船着場で下りると、そこには関前藩から差し回しの乗り物が待ち受けており、富士見坂の上屋敷まで向かう姿が見られた。

近年、豊後関前藩では五月に藩主参府があり、次の年の同じ時期に御暇と定まっていた。ために福坂実高はすでに江戸藩邸にいた。

にも拘らず国家老坂崎正睦が江戸に滞在していたのは、関前藩の物産事業に絡む阿片の抜け荷騒ぎと、江戸藩邸を二分した内紛の後始末に追われたためであった。

江戸家老の鑓兼参右衛門率いる一派は、国家老坂崎正睦が実高の名代として江戸入りし、上意を士分以上の家臣全員の前で披露したことでその敗北が決まった。首謀者の鑓兼は磐音が実高の特命で、

「成敗」

した。

家臣全員の前で鑓兼参右衛門の口を封じたのは、関前藩の内紛が老中田沼意次、意知父子の差し金と公にしたくなかったからだ。

全盛を誇る田沼意次が牙を剝けば、外様大名関前藩など風前の灯だ。なにより関前藩には継嗣がおらず、豊後日出藩の木下家分家、立石領五千石の領主の弟、木下俊次が養子に入り、ようやく幕閣内で俊次の跡継ぎが内定した。だが、実高の参勤上番に従い、俊次が城中に上り、家治にお目通りを許されてはじめて関前藩は後継者を公に認められることになるのだ。

それまで田沼一派と事を構えたくない、ゆえに関前藩の内紛と、磐音と田沼一

派の暗闘は切り離しておきたかった。これは磐音の考えであり、正睦も賛意を示した結果だった。ために鑓兼参右衛門の悪事を家臣一同の前で正睦が糾弾し、磐音が成敗したのだった。

そこまではなんとか正睦や中居半蔵の思惑どおりに事が進んだ。江戸と関前の間で早飛脚が行き交い、不在となった江戸家老の役目を国家老の坂崎正睦が兼任し、実高と俊次の江戸入りを待ち受けることにした。となると国許の関前は藩主不在、国家老不在で手薄になる。

関前には少数の鑓兼一派が未だ身を潜めていた。そこで藩船明和三丸に江戸留守居役兼用人の中居半蔵、陰監察の纐纈茂左衛門、さらには坂崎遼次郎ら実高に忠誠を誓う三人の家臣が乗船し、豊後関前に急ぎ帰国した。実高の参勤出府と交代して、その三人が国許に滞在し、鑓兼一派の抜け荷騒ぎの始末をつけることにしたのだ。

また長崎にある藩屋敷は売却せよとの声が強かったが、正睦はそれを拒み、中居半蔵に、

「長崎の藩屋敷には若い家臣を選りすぐって常駐させ、長崎に入ってくる異国事情や優れた道具、物品に目を配り、技術を吸収させよ」

と命じていた。

そんなわけで坂崎正睦と照埜は小梅村に長逗留し、藩主と後継者の江戸入りを出迎えることになった。

六郷の渡し場まで出迎えた正睦には、磐音も同行していた。だが、家臣に遠慮して、関前藩の出迎えとは独り離れて河原に佇んでいた。

実高と側近衆の乗った渡し船が六郷の渡し場に近付き、家臣らが低頭して出迎えた。実高がその中に正睦の姿を認めると、

「正睦、苦労をかけたな」

と慈愛の籠った言葉を船上から老臣に投げかけたものだ。

そのとき、磐音は側近衆とは雰囲気が異なる一人の若武者を見ていた。

実高のかたわらに寄り添う若者こそ、関前藩主実高の養子になった十八歳の木下俊次、ただ今では福坂俊次であろう。

身丈は五尺八寸余か、まだ大人の骨格になりきれない若竹のような体付きで、朴訥な面構えの若武者だった。

磐音は俊次を見た瞬間、亡き家基を思い出していた。外見に似たところはない。だが、真っ直ぐひたむきに前を見詰める若武者の眼差しと、五体から醸し出

される雰囲気が似通っていた。

船が渡し場に着くと、実高が真っ先に下りて坂崎正睦のもとに自ら歩み寄った。腰を深々と折って藩主を迎える国家老に、

「正睦、大儀であった」

と改めて労いの言葉をかけ、正睦も、

「参勤上番、ご苦労に存じます。道中難儀はございませんでしたか」

と実高に応じたものだ。

「あろうはずもないわ」

と頷いた実高の視線がさ迷い、

ふうっ

と磐音の姿を捉えて止まった。

「磐音か。磐音が予の江戸入りを出迎えてくれたか」

驚きとも喜びともつかぬ声で言いかけたばかりか、自ら磐音に歩み寄る実高の声が普段より甲高く興奮しているのが、同道してきた家臣たちにも見てとれた。

「磐音、久しいのう」

磐音は腰を折り、挨拶した。

「実高様、お久しゅうございます」

「予に面(おもて)を見せよ、許す」

「はっ」

と畏(かしこ)まった磐音がゆっくりと顔を上げ、実高と視線を交わらせた。

実高と磐音だけが関前の家臣の一団から離れていた。

「磐音、実高の一命と豊後関前藩六万石は、またそなたに救われた」

「勿体(もったい)なきお言葉にございます。それがし、ただ父の命(めい)に従い、走り使いをしただけにございます」

「そなたの立場を考えぬではなかった。だが磐音、関前藩を離れたそなたに頼るしかなかったのじゃ、許せ」

「実高様」

磐音はそれ以上の言葉を発することができなかった。

「おお、そうじゃ」

と実高が独り佇む俊次を振り向き、

「俊次、こちらに参れ」

と磐音のもとへ豊後関前藩の跡継ぎを呼び寄せた。

「俊次、この者がだれか分かるな」

「坂崎磐音様、にございますな」

「いかにも坂崎磐音じゃ。そなた、江戸において先々磐音の薫陶を受けることになろう。挨拶をいたせ」

実高が俊次に命じた。

磐音に挨拶をいたせと命じられた関前藩の継嗣俊次は素直だった。

「福坂俊次にございます」

若武者は磐音に会釈どころか、軽く低頭したのだ。

関前藩の家臣たちは、実高の信頼がだれにも増して坂崎磐音という人物にあることを改めて思い知らされた。

「坂崎磐音にございます。俊次様、それがし、元豊後関前藩の家臣にございますれば、呼び捨てに願います」

「先の西の丸徳川家基様の剣術指南をだれが呼び捨てになどできましょうや。養父上、それがし、坂崎磐音様に弟子入りしとうございます、お許しいただけませぬか」

と若者がいきなり言い出した。

「なにっ、坂崎磐音の剣術の弟子に志願いたすか」

「はい」

俊次がひたむきな眼差しを実高から磐音に移した。

俊次の出自の豊後日出藩木下家は、慶長六年（一六〇一）、木下延俊が備中から三万石で入封し、立藩したことに始まる。

木下氏は本姓杉原という。延俊の叔母高台院ねねが秀吉の正室であったために、木下姓を名乗ることが許されたのだ。

初代の延俊時代の寛永九年（一六三二）、領内で鶴成金山が開発され、御直山として収益を上げ、日出藩の基礎を造った。

二代俊治の襲封に際し、弟延次に五千石を分地し、立石領が誕生した。ために本藩の日出藩は二万五千石に減じた。

立石領は以来、七代の領主を重ね、俊次は七代目の実兄俊直の次弟であった。

「それがし、豊後しか知らぬ田舎者にございます。家基様の剣術指南であった坂崎磐音様に弟子入りし、剣の修行はもとより、諸々のことを学びとうございます。養父上、お許しください」

俊次は旅の間、考えてきたことを初めて会った磐音にぶつけ、実高に許しを乞うた。

「俊次様、六郷の渡し場で掛け合いにございますか」

少し離れた場所から会話を聞いていた正睦が歩み寄り、笑いかけた。

「この日を外すと磐音様にいつ会えるかしれませぬ」

「どうじゃ、磐音。なんぞ差し障りがあるか」

実高が磐音に問うた。

磐音は豊後関前藩の跡継ぎを門弟にしたとき、田沼一派との暗闘に豊後関前藩を、俊次を巻き込むのではないかと恐れた。なんとしても避けたいことだった。

「磐音、そなたがもはや関前藩士に戻ることはあるまい。どうじゃ、ならば藩の剣術指南を務めぬか」

実高がさらに畳みかけた。

「実高様、俊次様、六郷の渡し場にございますれば、後日改めてお話を伺いとう存じます」

「磐音様、それがしを門弟にすることに差し障りがございますか」

それでも若者の一途さで俊次は磐音に願った。おそらく道中考えに考え抜いてきたことであろう。

「磐音、そなた、紀伊藩の剣術指南に就いたのであったな」

磐音の懸念を察した正睦が言ったものだ。

「過日、徳川治貞様より命じられております」

坂崎父子の会話に実高が驚きの表情を見せた。

「なにっ、紀伊様の剣術指南に就いたというか。それでは豊後関前藩の剣術指南は無理か、無理じゃな」

と実高ががっくりと肩を落とした。

「実高様、俊次様、それがしが豊後関前藩の江戸藩邸に出入りいたしますと、どなたかが気になされましょう。そのことで関前に新たなる不安が生じぬとも限りませぬ。俊次様が家治様にお目通りの暁には、小梅村の尚武館坂崎道場に見学においでになりませぬか。わが道場は関前城下の中戸信継道場ほどの小さな道場にございますが、俊次様と同じ年頃の住み込み門弟もおりますれば、紀伊様、尾張様の家中の方々も稽古に見えられます。門弟になられるかどうか、そのあとに俊次様がお決めになればよきことです」

「おお、磐音様の道場にこの俊次を招くと言われるか。必ず尚武館坂崎道場を訪ねます」

俊次がようやく笑みを見せた。

「実高様、俊次様、六郷の渡し場をいつまでも関前藩が占拠してもなりますまい」

正睦が主に話しかけ、

「道中奉行、乗り物をこれへ」

と藩主と国家老の二組の父子の会話が終わるのを待っていた参勤上番の責任者に命じた。

「磐音、近々会おうぞ。話したきことがある」

実高がひたっと磐音を見て囁いた。

磐音は実高の言葉の意味を悟った。お代の方のことだ。

むろん正睦は実高に書状で、お代の方の身の振り方を知らせてあったに相違ない。また明和三丸に同乗して関前城下に戻った中居半蔵から詳しい報告を受けたことも想像に難くなかった。

「参勤上番の城中挨拶が済まれた折りに」

磐音はただ応えていた。

大名家にとって参勤交代は、徳川幕府への忠誠をかたちとして表す大事な公式行事である。参勤上番で出府してきた大名諸家には、幕閣の各所に挨拶に出向く儀式が待ち受けていた。まして、こたびの豊後関前藩は養子に迎えた俊次を、家治へのお目通りを経て、世継ぎとして公に認めてもらうという大事も控えていた。

明日からそれらの行事に忙殺されるはずであった。

「坂崎磐音先生、必ず小梅村に見学に参ります」

言葉を残した俊次と実高が乗り物に乗り、六万石の格式の行列を整え直した一行が江戸に向かって最後の道程に入った。

磐音は六郷の河原に独り残された。

しばし間を置いた磐音は河原から土手へと上がった。するとそこに弥助（やすけ）と霧子が待ち受けていた。

「実高様の跡継ぎの俊次様、聡明な若様とお見受けいたしました」

「弥助どの、そう思われるか」

「直にお話しなされた若先生はどう感じられましたか」

「日光社参の折り、戸田川の河原で初めてお目にかかった大納言徳川家基様の風貌に、俊次様を重ねてしもうた」

「遠目ですが、わっしもそう拝見いたしました」

「俊次様はそれがしに弟子入りを望まれた」

「お受けなされましたな」

「そのことが関前藩によきことであろうか」

「ふっふっふ」

と弥助が笑った。

「若先生は天下無双の剣術家にございます。なれど一つだけ弱点がございます。いえ、自らのことには非ず、他人様(ひとさま)のことでございます。いささか過剰に心配なされることにございます」

「弥助どの」

磐音はもと公儀御庭番の松浦(まつうら)弥助の名を呼んだ。それだけで弥助は磐音が言わんとしたことを理解した。

(家基様のように、俊次様が同じ悲劇に見舞われることだけは避けたい)

そのことだった。

「俊次様はきっと強いご運をお持ちにございましょう。なによりかたわらには坂崎磐音様がおられます」

弥助がご託宣し、三人の主従は夏の盛りの六郷土手から品川宿へと歩き出した。

あの日以来、ひと月半余が過ぎていた。

その間に、上野国から信濃国にかけて空前の災害に見舞われた。

天明三年七月八日朝の四つ（午前十時）時分に浅間山が大音響とともに大爆発を起こし、死者五百人弱、行方不明負傷者多数、家畜田畑の損害甚大という被害を生じさせた。

高さ三千尺以上もの噴煙を上げ、遠く江戸でも夜間になると真っ赤に夜空を焦がす噴煙が望めた。さらに降灰は関八州に及び、江戸でも一寸以上の灰が積もった。

そこで江戸では大爆発の後、しばらくは灰を始末することに追われ、富士見坂の豊後関前藩邸でも小梅村の尚武館坂崎道場でも、総出で灰の始末に追われた。

また磐音は門弟のうち、松平辰平と重富利次郎を連れて今津屋に手助けに行った。

この大爆発の余波で米の値が上がり、野菜も高騰し、魚も獲れなかった。

そんな暗い日々が続く中、この日の夕刻前、磐音は空也(くうや)を伴い、堀留から隅田川の合流部に向かい、白山(はくさん)の散歩をさせた。

河原に秋茜(あきあかね)の群れが飛び交い、秋の訪れを告げていた。

尚武館坂崎道場の西南側には流れに沿って土塀が延び、白木槿(しろむくげ)の花が降灰にもめげず、白い雲を浮かべた青空を背景に咲き誇っていた。

土手で白山が気持ちよさそうに小便をした。まだあちらこちらに降灰の痕跡が見えた。土手の夏草が枯れているのだ。

「父上、舟が参ります」

空也が下流から漕ぎ上がってくる一艘の猪牙舟を指差した。船頭も乗船者も見えたが、まだ遠すぎて判然とはしなかった。

「爺上様(じじうえ)ではございませんか」

「空也、見分けられるか」

「船頭さんは霧子姉さんです」

「ほう」

と磐音が確かめようと水上を窺ったとき、白山が、

わあんわあん

と舟に向かって吠えた。

その鳴き声からして乗船者がだれか明らかだった。そして、船頭が霧子であり、胴の間に正睦が座し、辰平と利次郎が従っていた。

正睦は実高が江戸藩邸に入ったあとも実高に願い、小梅村から富士見坂に通う暮らしを続けていたのだ。

磐音と空也は白山を連れて尚武館の船着場に急いだ。

堀留に猪牙舟が姿を見せて、

「磐音、本日、俊次様の上様お目通りが叶うた」

と正睦の晴れやかな声が響いた。これで正式に外様大名豊後関前藩六万石福坂実高の後継者が俊次に決まったことになる。

「父上、祝着至極にございます」

応じる磐音の声も明るく秋の夕空に流れた。

二

この日、坂崎家の夕餉には、坂崎家三代六人に小田平助、松浦弥助、住み込み門弟の松平辰平、重富利次郎、霧子に早苗ら大勢が膳を囲み、賑やかなものとなった。

坂崎正睦と照埜の二人が新造の藩船明和三丸に乗船して密かに江戸入りしたのが、春先のことだった。すでに明和三丸は帰路に就き、秋が深まる前にも再び領内の物産を満載して江戸に上がってくる。

国家老の正睦が江戸に滞在すること五月余り、ようやく関前藩は危機を脱したことになる。

その危機に際し正睦が負ったのは、物産事業に絡んで阿片の抜け荷を行ってきた江戸家老鑓兼参右衛門一派の粛清と後始末、そして江戸藩邸の立て直しだ。

それとは別に、関前藩主福坂実高に継嗣がいないことが長年の懸案であり、家臣の不安の要因ともなっていた。だが側室のお玉が懐妊し、今年の冬前にも子が誕生する上に、豊後国日出藩の木下家分家の次男俊次が養子となって、こたび参勤出府してきた実高に従い、江戸入りしてきた。そこで幕閣各方面にしかるべき挨拶を済ませた後、ようようにして家治へのお目通りが叶い、俊次が豊後関前藩六万石の跡継ぎに決まったのだ。

俊次の跡継ぎが決定するのに長い日数がかかったのは、老中田沼意次、奏者番意知父子とその一派が強い反対を示したゆえだ。

正睦は城中で各方面に働きかけ、俊次が跡継ぎに足るだけの才覚を備えていることを粘り強く訴え、磐音は奏者番速水左近や、尾張、紀伊両徳川家の力を借りて、俊次の家治お目通りを推し進めてきた。そのお蔭で、本日ようやく成果となって現れたというわけだ。

配膳はおこん、早苗、霧子ら坂崎家の女衆と若い門弟らが手伝い、内祝いの酒が配られた。

「父上、本日は真におめでとうございます」

磐音の挨拶に正睦が大きく頷き、

「磐音、ご一統、そなたらのうち、だれ一人の力が欠けたとしても、関前藩の慶事は成り立たなかったであろう。それがしはな、こたびほどわが倅の磐音とご一統の存在を心強く思うたことはない。このとおり、礼を申す」

と正睦が深々と頭を下げたので、一同が慌てた。

「父上、われらは一つの家族にございます、礼など要りましょうか。父上が白髪頭をお下げになると、ご一統がどう応対してよいか困られます。母上のようにどっしりと落ち着いておられませ」

「照埜のようにのう。照埜は関前から江戸に来る船中でもどっしりとして、食欲は一向に衰えなかったからのう」

　正睦が航海中の照埜を思い出したか、呟いた。

「ふっふっふ、じたばたしてもどうにもならぬときは、食べるに限ります」

「照埜、そなた、江戸に来てだいぶ目方が増えたのではないか」

「おまえ様、今頃気付かれましたか。江戸の食べ物はなんでも美味しゅうございますでな、一貫目、いえ、二貫目ほど増えましたかな」

　照埜が屈託なくころころと笑った。その腕には睦月が抱かれており、照埜はこの上なく幸せな顔をしていた。

「若先生のたい、父御様と母御様が小梅村に来られてくさ、なんやらこの界隈に笑いが絶えんもん。わしゃ、えろうくさ、幸せばい」

　と小田平助が応じたものだ。

「よかよか、笑いが絶えん家はくさ、身も心も息災の証たい」

　関前藩六万石の国家老の正睦が答えて、一同から弾けるような笑いが起こった。

「おまえ様、若い方が手持ち無沙汰で待っておられます」

　おこんが磬音に声をかけ、

「おお、そうじゃ。父上、改めて申し上げます。豊後関前藩の跡継ぎが決まり、福坂家も安泰、祝着至極にございます」

磐音が祝意を述べて、一同はそれぞれの想いを抱きながら手にしていた杯に口をつけ、飲み干した。

「このあとは無礼講にございます。皆様お好きなだけお飲みくださいまし。酒は、過日、お礼にと関前藩から四斗樽が届いております」

おこんが披露した。

「今宵の酒は格別に美味しゅうございますな」

利次郎が膳の徳利に手をかけ、ちらりと霧子の視線を気にした。

「霧子、今宵は関前藩福坂家のお祝いゆえな、辰平の杯を満たそうとしただけだぞ」

「利次郎さん、一々私にお断りなさらなくともようございます」

「そうか、なにやらそなたの視線が気になってな」

「利次郎様は大丈夫です、わが父のようにだらしない酒飲みにはなられません。節度を十分に心得ておられます、霧子さん」

早苗が自分の父親の武左衛門を引き合いに出して言ったものだ。

金兵衛から二分を借りて西国遍路に出かけたはずの武左衛門は、結局六郷の渡しを越えることができなかった。

二分を使い果たし、品川宿で使い走りや物乞いまでしながら時を過ごしていたが、家族恋しさのあまり、磐城平藩安藤家の下屋敷近くまで戻ってきた。

だが、勢津らに合わせる顔がなかったか、尚武館坂崎道場の番犬白山の小屋に顔を突っ込み、白山の体を抱えるように眠り呆けているところを、深夜に舟で戻ってきた磐音らに見つかり、弥助と霧子が長屋に担ぎ込んでその夜は寝かせた。

次の朝、娘の早苗にそのことが知れ、こっぴどく叱られた上に磐音と早苗の付き添いで安藤家下屋敷に戻り、用人に謝罪をなした。

その折り、安藤家用人に、

「武左衛門、こたびの失態は、今は亡き西の丸徳川家基様の剣術指南坂崎磐音様が同道されて詫びられ、また娘の不憫を思うゆえ見逃す。以後、かようなことを繰り返すと、この屋敷から家族ごと放逐することになるぞ。しっかりと肝に銘じて奉公に務めよ」

と説諭され、許された経緯があった。

その後、殊勝に奉公を務めているらしく、早苗も父親の態度についほだされたか、引き合いに出したのだろう。

「おお、そうじゃ、忘れるところであったわ」

「なんでございますな、父上」

「明日じゃがな、お忍びで実高様、俊次様が小梅村にお見えになるそうな」

「えっ、大変。殿様と若様がお揃いで小梅村に来られるなんて、どうしましょう」

敏感に反応したのはおこんだった。

「おまえ様、そのような大事を今頃言い出されて」

照埜も正睦に文句をつけた。

「そうか、早めに言うべきであったか。それは困ったな」

正睦は他人事のように呟いた。

「分かりました。ここは肚を括るしかございません」

照埜が自らに言い聞かせるように言った。

「おこんさん、なあに相手は還暦を過ぎた爺殿様でございましょう。一方、若様は日出藩分家の次男坊、部屋住みの身の腹っ減らしですよ。私と同じように江戸の食べ物は、なんでも美味しゅうございましょう。仕度はこの照埜も手伝います」

嫁と姑が正睦の話を横取りした。

「母上、おこん、実高様と俊次様はうちに馳走になりに来られるのではありますまい。過日、俊次様が尚武館に入門したいとの意思を示されたゆえ、そのことでお見えになるのでございましょう。まずは道場にて応対いたします」

「磐音、道場の稽古を見物されたとして、殿様と若様をそのままお帰しするわけには参りませぬ。ねえ、おこんさん」

「やはり母屋にてのご接待を考えねばなりません」

「ならばそちらは嫁と姑でいたしましょうかな」

照埜がおこんに答えていた。すると正睦が、

「おお、そうじゃ。尚武館も大所帯、なにかと物入りであろう」

「突然、なにを申されますな、おまえ様」

「家臣でもない磐音やご一統に働いてもろうた礼もしておらぬと、実高様が気になされてな。近々、深川佐賀町の蔵屋敷から煮干しやら鰹節やら椎茸やらを届けさせることになった。おこん、今後も折りを見て届けるでな、それでこたびの亭主とご一統の働き賃にしてくれ」

「おまえ様、豊後関前藩六万石、いささか渋っておいでではございませぬか。小梅村はおまえ様が申されたとおり大所帯、その上、私ども夫婦が何か月も居候しているのですよ。金子のいくらかなりと融通できませぬか」

「金子のう」

正睦が磐音を見た。

「母上、わが家は大所帯とは申せ、慎ましやかな暮らしにございます。それに関前藩はこたびの一件で幕府勘定方に何千両もの金子と阿片四十貫を差し出し、騒ぎをようやく見逃してもろうた経緯もございます。物産事業で得た利益を吐き出された上に、南町奉行所にもなにがしか届けられたご様子。先日、木下一郎太どのに会うたとき、与力の笹塚孫一様の機嫌が殊の外よろしいと申しておられました」

「照埜、そうなのじゃ。こたびの騒ぎの収拾と俊次様の跡継ぎを幕府に認めてもらうために、あちらこちらに挨拶をなしたでな、江戸藩邸の金蔵はすってんてん、空っ穴なのじゃ。磐音とおこんには悪いが、こちらの礼は煮干しでな、我慢してくれ」

「それでは、三度三度の膳は遠慮しながら食せねばなりませぬな」

「照埜、さすればいくらか目方も減ろうというもの、食い扶持も減って万々歳ではないか」

「なにやら、私のことで誤魔化され、こちらの内証は煮干し頂戴ですと」

「姑様、金品はあるも難儀、足りぬのも苦労。その日暮らしができますならばそれで十分にございますよ」

おこんが言い切るのへ、

「おこんさん、そなたには苦労のかけ通しですね」

照埜がすまなそうな顔をした。

「父上、国許の中居半蔵様からなんぞ知らせがございましたか」

「ようよう鑓兼一派の残党の始末をつけたそうな。遼次郎も中居に従い、藩務を覚えておる。あとは遼次郎に嫁をな、考えなくてはなるまい。江戸には遼次郎と親しい女子はおらなかったのか」

正睦が主家の跡継ぎが決まったせいか、こんどは坂崎家の跡継ぎを案じた。

「おこん、遼次郎どのにそのようなお方はおったであろうか」

「遼次郎様の口からお聞きしたことはございません。遼次郎様のお嫁様ならば、血こそ繋がっておりませんが、このおこんの義妹になるお方です。もしいらっしやるなら、遼次郎様は私にご相談くださったのではないかと思いますが」

おこんが空也の箸の使い方を見守りながら首を傾げた。すると、

「こほんこほん」

と利次郎が空咳をして気を引いた。

「おや、利次郎さん、なんぞご存じですか」

「いえ、義姉様に話されぬことを、われらが承知しておるはずもございません」

「ならば、その空咳はなんでございますか」

おこんに問い詰められた利次郎が、霧子の顔をちらりと見た。

「一々、私の顔を見ずとも、利次郎さんのご判断でお話しください」

「そうか。あとで、あの折りは黙っておくのが大人の判断などと口やかましゅう言われるのはかなわんでな」

「ならばなにも申し上げません」

「霧子」

利次郎が困惑の顔で迷った。

「利次郎どの、この一件で利次郎どのと霧子の仲が悪うなってもならじ。無理をせぬことじゃ」

「いえ、若先生、申し上げます」

利次郎が覚悟を決めたように言った。

「遼次郎どのが明和三丸に乗船して国許に戻られる直前のことにございます。それがし、実家のある土佐藩邸に法事で戻ったことがございましたな」

「そう、そのようなことがありましたね」

とおこんが相槌を打つように言った。

「帰路両国橋を西から東へと渡ろうとしたときです。遼次郎どのの姿を橋の袂(たもと)に見たのです」

「利次郎、見間違いということはあるまいな」

慎重居士の辰平が、いささか早とちりの癖がある利次郎に念を押した。

「辰平、話の腰を折らんでくれ。毎日体をぶつけ合い、間近で顔を見てきた遼次郎どのじゃぞ、間違うわけもなかろう」

「それもそうじゃな。口を差し挟んで悪かった」

「いかにもさようじゃ。話の腰を折られ、どこまで話が進んだか分からぬようになってしもうた」

「橋の袂で遼次郎さんの姿を認めたというところまでだ」

「おお、そうじゃ。そのかたわらに芳紀まさに十七、八のすらりとした娘御が寄り添うておられた。それがし、つい声をかけようとして」

「思い止まられたのですね」

「霧子、思い止まった」

「褒めて差し上げます」

「これでも気遣うて生きておるのだ、霧子」

「利次郎、霧子、話が進まぬではないか」

辰平が話を戻させた。

「利次郎さん、娘御は武家方ですね」

「おこん様、間違いなく武家の娘、それもそれなりの家格の家の娘御と、それがし見ました。横顔だけですが、清楚にして見目麗しいお方でした」

「それだけか、利次郎」

辰平が尋ねた。

「声をかけてはならぬと霧子が言い、辰平は娘御の身許はどうだと訊きおる。それがし、どうすればよかったのじゃ」

「それだけではなんとも言えぬな。橋の袂でただすれ違うただけやもしれぬ」

「辰平、そなた、好き合うておる若い男女が相手を思いやる気持ちを知らぬのか。それは無言であれ、二人の五体から滲み出るものだ」

「まあ、そうであろうな。利次郎と霧子の間にはあまり感じぬが」

「辰平さん、余計なことにございます」

霧子から一喝されて辰平が首を竦め、利次郎が満足げに笑った。

「うむ、なんとも答えようがないな」

正睦が呟いた。

「おまえ様、利次郎さんの話ですと、互いが思いやっておられるそうな。どこのどなたにございましょうな」

「正睦様、照埜様、それがしがその場を離れかけたとき、娘御の声が風に乗って聞こえました。『きえは遼次郎様のお戻りを江戸にてお待ちいたします』という涼やかな声でございました」

「きえ、様ですか」

と照埜が言い、

「どうしたもので」

とおこんが呟いた。

「お武家方なれば、両国橋西詰界隈の武家屋敷がお住まいか、奉公先にございましょうか」

「利次郎どのが両国橋の袂で、あてどもなくきえ様を探し求めるわけにもいくまい。かようなことは、縁あれば必ずやどこかで再会できよう」

「若先生、再会とは、きえ様が遼次郎どのと再会することですか、それともそれがしがきえ様に」

「どちらとも言えぬ。じゃが、遼次郎どのは関前に戻ったばかり。江戸に出てくるのは何年も先になろう」

「磐音、きえなる娘とどのような約定がなっておるのか分からんではな、探しても無駄じゃな」

「おまえ様、あたりどころが見当はずれです。私どもが関前に戻り、遼次郎に質して互いにその気があるのならば、磐音とおこんさんに願い、こんどはそのきえ様に当たってみることです」

　照埜が言った。

「ほうほう、当てもなく相手を探すより、そのほうが手っ取り早いな。いかにも遼次郎に訊くのが先であった」

「遼次郎の聞き役は伊代(いよ)にございましょうな」

「そうか、われら年寄りより義姉の伊代が打って付けか」

「父上、母上、そう焦ることなく気長に遼次郎どのが話されるのを待つのが宜しかろうと思います」

　と磐音が応じたとき、

「おや、母屋では宴の最中か。早、季節は秋、移ろう時節を思いやって酒と親しむ、さすがに尚武館はただの武骨者の集まりではないな！」

　と胴間声(どうまごえ)が響き、なぜか一輪の木槿の枝を手にした武左衛門を見て早苗がおろおろし始めた。

「どうやら武左衛門どのはいつもの調子を取り戻されたようじゃ。何か月も謹慎しておられたゆえ、今宵くらい少々の酒はよかろう」

　と磐音がおこんに膳部の仕度を願うと、

「若先生、おこん様、父を甘やかしてはなりませぬ」

　と早苗が懇願した。

「いかにもわれらが甘やかした事実はあろう。じゃが、われらも一区切りついた祝いの席だ。そなたの父親にもともに祝うてもらいたいのじゃ。最近は酒量も落ちておられるゆえ、皆で見守っておればよかろう」

磐音が言うのへ、早苗も頷き、

「私の隣に父の席を設けます」

と言った。

三

翌朝、早苗が坂崎家の母屋の玄関に立つと、朝靄(あさもや)の中、箒(ほうき)を手に大きな男が庭掃除をする姿があった。

「父上」

早苗は思わず呼びかけた。

「おお、早苗か」

「どうなされたのです」

「本日、尚武館には関前藩の藩主父子が訪ねてこられるのであったな。季助(きすけ)さんだけでは手が回るまい。手伝いに参った」

「驚きました」

早苗は正直な気持ちを告げた。

昨夕、武左衛門は早苗の隣に席を設けてもらい、酒を二合ほど飲んで満足し、

「よい宵であったな。若先生、神保小路にはほど遠いが、江都に尚武館坂崎道場の名もだんだんと高まり、この武左衛門も嬉しいぞ」

と尚武館の門弟が増えることを喜び、利次郎に、

「今宵の武左衛門様は殊勝にございますな」

と茶化された。

「利次郎、もとい、利次郎どの。わしも来し方を顧みる年齢に差しかかったということよ。散々早苗らに迷惑をかけてきた。わしは心を入れ替えて、そうじゃな、末子の市造がどこぞに奉公に出た暁には、古女房の勢津を連れて湯治に行くことにした」

「父上」

早苗が予想もかけない父の言葉に驚愕を示し、

「熱があるのではございませぬか」

と案じた。

「早苗、ご一統の前で誓う。酒はほどほどにして精々奉公に励む」

「驚いたな、武左衛門様の口からさような言葉が聞けるとは」

「利次郎どの、いつまでも若いと思うておると光陰矢の如しじゃ。いつの間にか無為に歳月が過ぎ、世間で老境と呼ばれる齢を迎えることになる。竹村武左衛門、いや、もとい、ただの武左衛門もようやくそのことに気付かされたというわけじゃ。坂崎正睦様、本日は関前藩にとって祝着至極の一日にございましたな。改めてお祝いを申し上げます」

「これはこれは、丁重なる挨拶、痛み入り申す」

正睦も少々呆気にとられた表情で武左衛門の言葉を受けた。

「ご一統、聞いてのとおりじゃ。これまでの数々の醜態を深くお詫び申す。武左衛門、心を入れ替えて残り少ない日々を慈しみ、有為に生きることにした」

と宣告し、

「若先生、おこんさん、深々と馳走になった」

と一礼すると、あっさりと膳の前から立ち上がった。

「父上、お送りします」

「早苗、酔うほどには頂戴しておらぬ。二合足らずの酒が体にも心にもいちばんよいな。利次郎どの、酔い過ぎるほど飲んではならぬぞ。酒というもの、百姓が八十八の手間をかけ、選び抜かれた米を杜氏が熟練した技と経験で仕込み、さらに歳月が美味しい酒に熟成させるのだ。そのことを思うと、徒や疎かにがぶ飲みなどしてはいかぬ、罰があたる」

と言い残すと、

「これにてご免。いや、見送りなど無用にござる」

と庭先に脱いだ草履を履くと沓脱ぎ石を下り、また一礼して姿を消したのだ。

武左衛門が去った席に木槿の花が一輪残されて、一座の者はしばし武左衛門の風流を黙って見ていた。

「早苗さん、親父どんはどげんされたとじゃろうか。わしゃ、狐につままれたようで、魂消とるたい」

「小田様、娘の私も驚いております。なんぞ昼間に悪いものでも食したのではございますまいか」

「早苗さん、悦ばしいことではありませんか。うちの亭主どのとは十年来の間柄、私も、武左衛門様のあのような言動は初めてです」

「おこん様、いつまで続くことやら分かりません。なにしろ家族や朋輩方を千度万度と裏切ってきた父のことですから」

「明日にも元の武左衛門様に戻るな」

と迂闊な言葉を洩らした利次郎は霧子の冷たい視線に気付き、慌てた。

「いや、霧子、それがしもあのような態度が一日も長く続くことをだれよりも望んでおるのじゃぞ。されど、これまで何度も裏切られてきたからな」

「利次郎さん、胸にあることをすぐに口にしてはなりませぬ」

「あ、相分かった」

利次郎が霧子に詫びて、

「なにやらここにもう一人、武左衛門さんがおられるような」

と照埜が呟き、霧子が真っ赤な顔をして、一座に笑いが起こった。

「父上、屋敷にお戻りになられたのでしょうね。こちらの納屋などでお休みになったということはございませんね」

と早苗が質した。

「案ずるな、早苗。昨夜は安藤家下屋敷に戻り、長屋で勢津のかたわらで休んだ。眠る前にな、尚武館で馳走になったことを勢津としばらく話してな、ぐっすり休んだゆえ、爽快な気分よ。そこで勢津が普段のお礼に、本日一日尚武館の手伝いに行ってこいと言うたでな、かく掃除に精を出しておるところだ」

「そうでしたか」

「ちょいと若先生に頼み事もあるでな」

「父上、なりませぬ。お金の無心などお断りです」

「それほどまでに信頼がないか。別のことじゃ、そなたには前もって言っておこうか。勢津がようやく修太郎を川向こうの私塾に学ばせることを諦めたのじゃ。人間には分というものがあるでな。うちがどう逆立ちしたところで十両もの金子が用意できるわけもない。勢津もようやく諦めたようじゃ」

「ようございました。うちの家計ではそもそも無理でした」

「そうなのじゃ。それでな、修太郎を尚武館に預け、せめて一人前の人間になるよう修行させようかと考えたのじゃ。早苗、どう思う」

「父上、それはよいお考えにございます。修太郎の束脩は私の給金から払います」

「川向こうの私塾に入るほどには銭もかかるまい。あるいは若先生、こちらの家計を気にしてただにしてくれるやもしれぬ」

「それはなりませぬ。親しき仲にもなすべきことはなさねばなりません」

「うん、そうじゃな。父も精を出す」

と答えた武左衛門がまた掃き掃除に戻った。

武左衛門は手を休めることなく母屋の敷地の内外を清掃し、庭木に水まで撒いてくれた。さらに母屋周囲の掃除が終わると尚武館にまで出かけていった。

おこんは、武左衛門のせっせと働く様子を眺め、

(武左衛門さんの無頼暮らしも終わりになったのかしら。それはそれでなんだか寂しいわ)

と思ったりした。

坂崎家の朝餉は、朝稽古があるために四つ半(午前十一時)近くになる。尚武館佐々木道場以来の伝統で朝餉を兼ねた昼餉だ。ために、同じ住み込み門弟衆や通い門弟でも速水杢之助や右近兄弟は尚武館の母屋で食していくことが多い。

むろん坂崎正睦や照埜、さらにはおこんなど女衆は、六つ半(午前七時)から五つ(午前八時)の頃合いには朝餉を食する。

「早苗さん、武左衛門様をお呼びしてくださいな。朝早くからうちの庭掃除をしてもらい、恐縮です」

「父は父なりに考えるところがあったようですが、母に命じられて手伝いに来たのです」

「そのように殊勝な心がけの武左衛門様は別人のようで寂しいわ」

「おこん様、利次郎様ではございませんが、いつまで続くか、娘の私も父の変心を疑っております」

「昔の武左衛門様も懐かしいし、だいいち、品川幾代様がお力落としになるのではありませんか」

と笑ったおこんが早苗に武左衛門を呼びに行かせた。

尚武館では朝稽古が続いているので、武左衛門だけを朝餉に招いたのだ。

おこんは正睦と照埜の膳を奥へと運び、そのことを舅姑に伝えると、

「ほう、あのご仁がそのようなことをな。なにやら麗しい話じゃな。それにしても実高様と俊次様の急な小梅村訪問でおこんに迷惑をかけ、あのご仁にも気を遣わせてしもうた」

「いえ、昼は宮戸川の鰻を取り寄せますので世話なしにございます。お供の方は何人ほどと考えればようございますか」

「お忍びゆえ、昌平橋の船着場に一艘の屋形船を着けて、精々七、八人であろう」

「ならば、お供の方々には尚武館に握り飯と浅蜊汁を仕度させておきます。住み

込み門弟衆と一緒にあちらで召し上がってもらってようございますか」

「よいよい、十分なもてなしぞ。おこん、供の者にまで気をかけてくれて、すまぬ」

「いえ、大所帯には慣れております」

おこんが台所に戻ると、武左衛門が丸干し鰯を手にばりばりとかじりつつ、大丼の卵かけご飯を掻き込んでいた。

「おこんさん、わしの好物をよう覚えておられたな。千切り大根と油揚げの味噌汁が殊の外、口に合うてな。勢津はわしの飯より修太郎、市造の世話に忙しゅうて、こちらはほったらかしじゃ」

「父上はなにを食べておいでなのです」

と早苗が訊いた。

「普段か、冷や飯に茶をぶっかけて大根の古漬けで掻き込むことが多いな」

「呆れました。父も父ならば母も母です。修太郎や市造をちやほやすると碌な大人には育ちません」

「そうじゃ、そうであろうが。常日頃からわしが言うておるのじゃが、勢津はわしの言うことなど聞かぬ。倅に甘うて困ったものよ。早苗、そなたからも勢津に言うてくれ。もそっと倅より亭主を大切にせよとな」

「父上が言われることにも一理あります」

おこんは父と娘のこのような会話に初めて接した気がして、胸の中が温かくなった。

弥助と霧子は猪牙舟を昌平橋の上流、湯島横町の土手下に止め、昌平橋の船着場に泊められた屋形船に豊後関前藩主福坂実高と養子の俊次父子が乗る光景を眺めていた。

昨夜、磐音から、

「鑓兼一派の騒ぎがようやく片付いたとはいえ、残党がおって実高様、俊次様になんぞ悪さを仕掛けぬとも限らぬ。密かに見張ってもらいたい」

と命じられ、半刻前から待機していたところだ。

弥助は菅笠をかぶり、一応釣り人の形をして竿の先から糸を垂らしていた。

供の家来衆が七人同乗した。その中に、尚武館坂崎道場の門弟磯村海蔵と籐子慈助が案内役として乗船していた。

屋形船が船着場を離れ、神田川の流れに乗った。

霧子はまだ猪牙舟を出さなかった。

尾行者がいるとしたら、屋形船が出た直後に動きを見せると思ってのことだ。霧子らの猪牙舟より上流に動きはなかった。だが、屋形船が昌平橋の一つ下流に架かる筋違橋を潜ったところで、茅の屋根を乗せた苫船が屋形船の半丁あとから追っていった。とはいえ、その苫船が福坂実高の乗る屋形船に関心を寄せているかどうかは、未だ判断がつかなかった。

「師匠、舟を出します」

「うむ」

釣り糸を上げた弥助が竿にくるくると巻き付け、胴の間に置いた。屋形船、苫船、猪牙舟の三艘はおよそ一丁ずつ離れて神田川を下り、浅草橋から最後の柳橋を潜って大川に出た。

当然屋形船は上流に向かう。だが、苫船は両国橋を横目に見ながら大川を横切り、本所のほうに向かった。

「早とちりしたかね」

と弥助が呟き、霧子は屋形船を追うように大川右岸沿いに上流へと向かった。浅草蔵前の御米蔵を八番堀から一番堀へと、途中首尾の松が枝を差しかける流れを霧子は漕ぎ上がった。

実高、俊次らの乗る屋形船は一丁先をゆっくりと遡上していた。

「霧子、見ねえ、対岸をさ」

弥助の言葉に大川左岸を見ると、苫船がほぼ屋形船に並行するように遡上していた。

「早とちりではなかったようですね」

「どうやら実高様に関心を寄せる輩と見てよかろう」

「日中、どうすることもできますまいに」

「帰りかな」

と弥助が煙管で煙草を吹かしながら呟いた。

一丁先を行く屋形船は、吾妻橋を潜った辺りから隅田川を斜めに漕ぎ上がり、右岸から左岸の小梅村へと横切っていこうとしていた。それを見た苫船は少し船足を緩めて、屋形船を先に行かせようとしていた。

霧子はその苫船の後ろに付けるべく、隅田川を往来する大小の舟に隠れて横切った。

屋形船は竹屋ノ渡しの手前で尚武館坂崎道場の船着場のある堀留に姿を消し

た。

苫船が船足を上げた。だが、堀留には入らず、小梅村の三囲（みめぐり）稲荷の船着場に入ると、苫屋根の下から四人の剣術家風の男たちが飛び下り、河岸道を徒歩で尚武館の方角へと下っていった。

「だれにございましょう」

「門弟三千人と豪語する起倒（きとう）流の弟子あたりじゃないかえ。さあて、どうしたものか」

弥助が思案し、霧子が苫船から離れた岸辺に猪牙舟を着けた。

尚武館坂崎道場の船着場に関前藩の屋形船が着き、坂崎正睦、磐音父子に照埜、おこんが空也の手を引いて出迎えた。

「若い頃、小梅村に船遊びで来たことがある。この辺りは変わらぬな」

実高が静かな小梅村を船着場から見回した。

「江戸とも思えぬほど長閑（のどか）でございましてな、ここならば隠居所にしてもようございます」

と正睦が迎えた。

そんな主従の様子を、風に吹かれる白木槿の花が見ていた。

「正睦、隠居の二文字はしばらく封印せよ」

と実高が正睦に言い、

「照埜、そなたにも難儀をかけたな」

と労った。

「亭主に従い、ただ船に乗っておっただけにございます」

「紀州灘、遠州灘、駿河灘、相模灘と名立たる荒波を乗り越えてのことじゃ、いかに明和三丸が新造船というても激しく揺れたに相違ない。そなたらと磐音のお蔭で関前藩は危難を脱した。礼を言うぞ」

坂崎照埜に声をかけた実高の視線がおこんにいった。

「おこん、永の旅、苦労を重ねたな」

「殿様、とんでもないことにございます。亭主と一緒の三年半余、江戸生まれの私にはなんとも珍しく貴重な経験にございました」

「坂崎家二代の夫婦がおったればこそ、関前藩六万石がなんとか安堵された。おおそうじゃ、おこん、この者が予の跡継ぎの俊次じゃ。もしものことじゃが、尚武館坂崎道場に入門が許された暁には、おこん、そなたに世話をかけるひよこの一羽となる。その折りは宜しゅう願う」

実高がおこんに許しを乞うたものだ。

「殿様、尚武館では神保小路にあった頃より、門を潜ったからにはどなた様も一門弟、身分の上下はございませぬ。門弟のお一人としてわが亭主どのがご指導いたしましょうから、私もまたその教えに従うだけにございます」

と応じたおこんが、

「ささっ、殿様、俊次様、道場にお通りくださいませ」

と願った。

「待て、おこん」

「そなたが手を引く子は磐音とそなたの一子じゃな」

実高が空也に視線を留めた。

「正睦、照埜、孫は可愛かろうな」

「ふっふっふ」

と正睦が含み笑いをするのへ、照埜が、

「それはもう殿様、目に入れても痛うはございませぬ」

と応じたものだ。

「空也、爺上様の殿様にご挨拶申せ」

磐音が命じた。

「坂崎空也にございます」

「空也か、何歳に相なる」

「四歳にございます」

「そなたの父は豊後関前が生んだ屈指の剣術家じゃぞ。そなたも父のように剣者になるか」

「はい。なりとうございます」

「おお、素直ではきはきしておる。正睦、悦ばしいのう」

正睦に言葉をかけた実高が、

「磐音、直心影流尚武館坂崎道場を見せてくれぬか」

と願い、

「ご案内仕(つかまつ)ります」

と磐音が一行の先に立った。

四

福坂実高と俊次一行が尚武館坂崎道場に入り、藩主父子は狭い見所に案内されて座した。すでに見所には奏者番速水左近がいた。

昨夜のうちに磐音が使いを出して見物に来てもらったのだ。

登城日でないこともあり、自らの嫡男次男の稽古ぶりも確かめたくて、速水はこの申し出を快く受けてくれた。

実高はすでに見所にいた人物を見て、はっ、としたが、互いに会釈し座に着いた。この三人に並んで正睦が座れば、見所は互いが肩を接するくらいになった。ために正睦は見所下に座った。

道場では打ち込み稽古の真っ最中で、依田鐘四郎と小田平助が磐音に代わり、稽古に立ち会っていた。四十人余の門弟が打ち込みを展開すれば一杯いっぱいの広さだ。互いに体が激しくぶつかり合い、その様子によっては、ぶつかった相手が打ち込みの対戦者に代わることもあった。

実戦に即した融通無碍、自在勝手な集団稽古だ。だから、どこから竹刀が飛んでくるか分からない。それだけに一瞬たりと息を抜くことはできない。ゆえにだ

れもが神経を張りつめて打ち込みに臨み、

ぴーん

と張った緊張感が道場に漲(みなぎ)っていた。

俊次はこのように緊迫した剣術の稽古を知らなかった。茫然(ぼうぜん)として実戦形式の稽古を凝視した。

磐音は稽古着に着替えると依田鐘四郎と小田平助のかたわらに立ち、鐘四郎に領いてみせた。

すると鐘四郎が磐音の意を察して、

「稽古、やめ！」

と声を発した。そこへ実高の供で同行してきた磯村海蔵と籐子慈助も稽古着の姿で加わり、

さあっ

と竹刀を引いた四十余人が、見所を挟んだ左右の壁に分かれて座した。

尚武館道場では道場の左右に幅半間の高床が設けられ、そこで稽古と稽古の合間に稽古着の身繕いをしたり、汗を拭いたりした。格別にどちらのどこにだれが座すと決められていたわけではないが、なんとなく指定の席が定まっていた。

「今朝は道場が賑やかで十分な打ち込みもできますまい。そこで東西戦を行いましょうかな。左右の壁におよそ半数に分かれて座しておられるゆえ、見所に遠い側の二人から立ち合い稽古を始めることといたす。年齢も経験も関わりなく、下座に座られた東方、磯村海蔵どの、西方、籐子慈助どの、前へ」

二人は遅れて稽古に参加したため、たまたま出口近くに座ったにすぎなかった。だが、師の磬音の命とあらば絶対である。尚武館では道場に一歩足を踏み入れたからには、

「仕度ができておりません」

との言い訳は許されなかった。

「はっ」

と互いが躊躇（ちゅうちょ）することなく竹刀を手に立ち上がった。

「東西戦は勝ち抜きにいたそう。審判はそれがしが務める。遠慮する者、手を抜く者など尚武館道場にはおるまいと信じる。そのような気配を見せた者は直ちに退場を命ずる。ようござるな」

「はっ」

と全員が答え、磯村と籐子、豊後関前藩の家臣同士の対決になった。

「磯村どの、篠子どのには、神保小路の尚武館佐々木道場から小梅村の尚武館坂崎道場と名を変える間に長い空白がござった。師として申し訳ないことであった。再びわが門下に入り、昨年来、基本の稽古によう倦まず弛まず励まれた。もはや神保小路時代のそなたらの力量とは雲泥の差じゃ。互いに力と技を尽くされよ」

磐音の言葉に二人が張り切った。なにしろ見所から藩主の実高と跡継ぎの俊次が見物しているのだ。

互いに一礼した二人は、相正眼で向かうと、一瞬の睨み合いもなく阿吽の呼吸で踏み込み、互いに得意の面打ちと小手斬りで勝負が始まった。むろん磯村も篠子も互いの手の内は重々承知していた。だから、一の手で仕留められるとは思っていない。だが、二の手、三の手を考える前に体が反応して、なかなかの好勝負になった。

結局、磯村が、技を仕掛ける篠子の一瞬の隙をつき、相手の得意技の小手斬りで制した。

「東方、磯村どの、一本」

とすかさず磐音が宣告して磯村が勝ち残り、西方二人目の設楽小太郎と対決することになった。

もはや磬音が一々、名を呼ぶことはない。西方の籐子が負けた途端、小太郎が竹刀を構えて磯村の前に飛び出していた。

それは尚武館独自の仕来りだ。のんびりと立ち上がったりしていると、次に控えた者が勝ち残った者に挑みかかっていくからだ。

小梅村名物の東西戦は、一瞬の暇も隙も与えられない団体戦だ。

小太郎はこのところ稽古のせいで足腰がしっかりとしてきて、構えが堂々としていた。むろんこの二人に門弟歴、年齢差はあったが、若年組に入れられて基本の構えや動きを毎日繰り返してきた仲だ。

相手の力を十分に承知していた。

小太郎は中段に竹刀を構えて一気に踏み込み、磯村もそれに応じた。その後の展開はさらに一段と目まぐるしく激しかった。だが、年長の磯村が小太郎を面打ちで制して、二人を勝ち抜いた。

三人目は速水右近で、磯村と向き合うと一気に突きの構えで攻め込んだ。

磯村が思わず突きを払おうとした瞬間、

どーん

と右近が体当たりして磯村を床に転がした。そして、立ち上がろうとする磯村の構えの崩れを見抜いて、面打ちで仕留めた。

「よし、それがしが相手じゃ」

右近に実兄の杢之助が挑みかかり、瞬時の油断も許されない激しい打ち合いのあと、引き際の一瞬の隙をついて杢之助が兄の貫禄を見せた。

「ふうっ」

速水左近が満足げな笑みを洩らした。

この日、偶然にも東方に尾張藩の馬飼十三郎ら五人がいて、西方の紀伊藩家臣の田崎元兵衛らと対決することになり、御三家の誇りと意地をかけて火の出るような勝負になった。だが、尚武館坂崎道場の先輩たる尾張藩に一日の長があって、有利なうちに終わった。

そして最後には、近頃ではこれまた小梅村名物の対決となっている松平辰平と重富利次郎が竹刀を交えることになった。

この二人、かつては痩せ軍鶏、でぶ軍鶏と呼ばれた頼りない若者だった。だが、痩せ軍鶏こと松平辰平は安永六年（一七七七）、尚武館佐々木道場の増改築柿落としの直後、磐音とおこんに従い、豊後関前藩の藩船に同乗して関前に向かい、しばらく関前に滞在した後、武勇を誇る西国の雄藩肥後熊本をはじめとする年余におよぶ武者修行に出立した。

一方、でぶ軍鶏こと重富利次郎は、辰平が江戸から去って一年数か月後に、父百太郎の供で土佐高知へと旅立ち、土佐藩の藩道場で揉まれ、藩の内紛に際しては他の家臣と共に戦い、謀反派を制していた。利次郎も初めて修羅場を潜ったことになる。

辰平と利次郎が再び旅の空の下、高知城下で再会するのは、師の磐音らが田沼一派に追われて流浪の旅にあることを知ってからのことだ。

紀伊領内高野山の内八葉外八葉の山中、雑賀衆の住む姥捨の郷で再会した師弟は田沼一派との大戦を経験し、十分実戦経験を積んで技量的にも精神的にも成長していた。

ただ今の尚武館坂崎道場の門弟の中では屈指の実力を持つ二人だった。

それだけに二人が対決するときは一瞬の見落としもできないほど、瞬時の技で決着した。だが、この日、二人は互いに秘術を尽くして体力のかぎり攻め合い、なかなか決着がつかなかった。

「速水様、この二人、なかなかの好敵手にございますな」

実高が隣席の速水左近に思わず話しかけた。

「松平辰平、重富利次郎と申し、磐音どのの流浪の旅にも途中から合流した二人でしてな、ゆえに磐音どのにみっちりと仕込まれた上、実戦も豊富、修羅場を潜り抜けてきた経験が二人の胆を練ったのでござろう。二人ともに、これからの尚武館坂崎道場を背負うていく若武者です」

と小声で答えていた。

その速水は、関前藩の跡継ぎが畏敬の眼差しで磐音を見ていることを確かめ、

（どことのう、佇まいが家基様に似ておられる）

と考えていた。

弥助と霧子は、福坂実高一行の屋形船を尾行してきた苫船から降りて尚武館坂崎道場の敷地に潜り込み、庭先の植え込みの陰から道場の稽古を覗き見する四人の剣術家の背中を見ていた。

「これが尚武館坂崎道場か。まるで田舎道場ではないか」

一人が囁き、もう一人が、

「いや、弟よ、稽古はなかなか熱が籠って息が抜けぬぞ。鈴木様が手古摺ってお

られるのもなんとのう分かる」

「参之助、そのほう、この田舎道場が恐ろしいか」

「兄者、そうではないが甘く見てはならぬ」

　三男の参之助が次男の弐吉に答えた。

「起倒流鈴木清兵衛様がわれらに約定されたのは、坂崎磐音の弱点たる豊後関前藩に波風を立たせよということであった。われら兄弟が江戸で居場所を見つけるには、この約定に縋るしかあるまい。兄弟四人、豊前神刀流を江都に知らしめるには、門弟三千と豪語する鈴木清兵衛様に認められ、老中田沼意次様、奏者番田沼意知様にお目通り願う策しかないでな」

　と長兄の朝倉一右衛門が弟三人に説き聞かせるように言った。

「兄者、そのようなことはわれら分かっておる。この際、豊後関前藩に波風を立たせる策を実行するにはどうするか、そのことだ」

　長兄の言葉に弐吉が苛ついたように嚙み付いた。

「帰りを襲えばよかろう」

　四男の史之輔があっさりと言った。

　四人の兄弟は、植え込みの陰から尚武館の稽古を、火を噴くような辰平と利次郎の対決を見ていたが、背後に人影が立っていることに、しばらく気付かなかった。

はっ

としたのは長兄の朝倉一右衛門だ。後ろを振り返ると、筒袖縞模様の着物を着た若い女が四兄弟を見ていた。

「なんだ、おまえは」

「それは私が問うべき言葉です」

「道場の端女か」

史之輔が、化粧っけなど一切ないにもかかわらず整った顔立ちの霧子を睨んだ。

「まあ、そのような者で」

「われら、稽古を見物しておる。邪魔をせず去ね」

「稽古見物ですか。ならば道場にお入りください」

「余計な口出しをするでない」

史之輔が命じたが、

「いえ、かような植え込みの陰から覗き見など、いささか見苦しゅうございます。ささっ、道場へ」

　と霧子が願い、

「娘、つべこべぬかすと手籠め(てごめ)にしてくれようぞ」

　と次弟の弐吉が霧子に嗤い(わらい)かけた。

　そのとき、
　ううっ
　という恐ろしげな唸り声が響いて、白山を従えた弥助が四人兄弟の横手から姿を見せた。

「この田舎道場、見張りが巡回しておるのか」

　朝倉一右衛門が首を傾げ(かしげ)た。

「門構えだけでは田舎道場かどうか、遠目には分かりませんぜ。おまえ様方の在所はどちらですね。流儀が豊前神刀流というからには西国豊前国かねえ」

「うむ、そのほう、それがしが呟いた言葉をよう聞き取ったな」

「風に乗って流れてきたんでございますよ。ささっ、道場にご案内しますでな。ご兄弟揃うていらっしゃいましな」

　弥助の言葉に、白山が前肢を折って飛びかかる姿勢を示した。

「兄者、どうするな」

参之助が懐に片手を突っ込み、なんぞ仕掛けるかと問うた。

「いや、折角(せっかく)の招きじゃ、尚武館道場を見物していこうか」

長兄が余裕を見せて言った。

「ならばこちらへ」

いつの間に移動していたか、背後にいたはずの娘が朝倉兄弟の前方にいて、案内に立った。すると大きな犬を連れた江戸弁の男が背後を固めた。もはや道場に向かうしかない。

「おまえ様方、尚武館道場がどのような剣道場か知らない様子だね」

背後から男が話しかけた。

「江戸に数多(あまた)ある町道場の一つであろうが」

と末弟の史之輔が嘯(うそぶ)いた。

「道場主を承知ですかえ」

「知らぬ」

「驚いた。知らない尽くしか」

「なにか曰(いわ)くがあるのか」

「道場主は坂崎磐音様、先の西の丸徳川家基様の剣術指南だった方ですよ。養父は幕府の御道場とも目された神保小路の直心影流佐々木道場の玲圓先生だ」

「直心影流佐々木玲圓とな。死んだのではないか」

「ほう、おまえ様方と話の手がかりが一つできましたな」

と弥助が言い、霧子が、

「どうぞ、履物を脱いでお上がりください」

と四兄弟を招き上げた。

磐音は辰平と利次郎の勝負を見詰めながら、庭先の異変を感じていた。そこへ霧子と弥助が江戸者とは思えない四人の武芸者を案内してきた。

「勝負なし、退かれよ」

と磐音が命じ、一進一退の白熱した勝負は決着なしに終わった。

「見物のお方か」

「へえ、木挽町の江戸起倒流鈴木清兵衛道場に関わりのご兄弟のようでございましてな」

「われら、江戸起倒流道場の客分にござる」

朝倉一右衛門が胸を張った。

「おお、鈴木清兵衛先生の客分どのか。ならばわれら、同好の士にござるな。霧子、稽古を願うてはどうか」

と磐音が霧子を唆した。

「畏まりました」

平然と受けた霧子が四兄弟を見た。

「戯けたことを言うでない。われら、豊前国では知られた神刀流の継承者である。女と勝負ができるものか」

長兄の朝倉一右衛門が顔を朱に染め、怒りを見せた。

「兄者、よいではないか。相手が望むのだ、この娘を叩きのめしても文句はあるまい。わしはこの娘が気に入った」

参之助が卑しげな目で霧子を見やると、道場の真ん中に出ていった。

霧子は見所に一礼すると、朝倉参之助に対峙するように三間半の間合いで向き合った。

「霧子、得物はなににいたすな」

磐音が問い、霧子が懐からお手玉を取り出し、片手で五つのお手玉を虚空に投げ上げて戯れ始めた。

「これにて」

「お手玉か、よかろう。ところでそなた様はなになさるな」

と磐音に尋ねられた朝倉参之助が、

「われらを蔑むや。その代償、娘の命で払うてもらうぞ」

と叫ぶと、懐に手を突っ込み、鈍い光を放つ手斧を出すと、構える間もなく、三間半の間合いでお手玉遊びをする霧子の顔面に向かって投げた。

霧子も片手で遊ぶお手玉を摑むと投げた。

くるくると回る手斧をお手玉の一つ目が絡んで道場の床に叩き落とし、

「おっ」

と驚く参之助の顔面の鼻っ柱に二つ目のお手玉が、
ばしり
と食い込んで後ろに吹き飛ばし、転がした。

「おのれ、小娘が」

弐吉がかたわらの剣を手に立ち上がろうとした。その顔面にもお手玉が飛び、中腰の相手に尻餅をつかせた。

史之輔が横手に転がりつつ、手にしていた剣を抜いて立ち上がった。

霧子は二つになったお手玉と戯れながら史之輔を見た。

「史之輔、やめよ。出直しじゃ。鈴木清兵衛様の頼みをいささか安請け合いしてしもうた」

長兄の朝倉一右衛門が言い、末弟を制すると磐音を見た。

「先の西の丸徳川家基様の剣術指南どのであったそうな。この道場、見かけ以上にあれこれと備えておるようじゃな」

「必要に迫られてのことでございましてな。剣術稽古、武術稽古とあらば、いつなりとお出かけくだされ」

磐音が応じて、一右衛門が、

「弐吉、参之助、いつまで床に転がっておる」

「兄者、わしはこの娘が好みじゃ」

参之助が洩らすのを聞き、憤怒(ふんぬ)の顔で立ち上がろうとする利次郎を、田丸輝信(たまるてるのぶ)が押さえた。

朝倉四兄弟が姿を消した。

しばらく静寂とも虚脱ともつかぬ時が流れた。なんとなく霧子は落ち着かない表情をしていた。いくら師の命とはいえ、数多の門弟衆の前で雑賀衆の芸の一つを披露したのだ。

利次郎だけが感心したような顔で霧子を見ていた。

「ふうっ」

と大きな息を洩らした実高が、

「俊次、そなた、尚武館に入門を希望するや」

と尋ねた。

「養父上、なんとしてもこの道場に入門を願いとうございます」

と実高に応じた俊次が見所を下りると床に座し、磐音に向かって平伏した。

師弟の礼をとったのだ。

「これで一人門弟が増えましたかな。尚武館の経営が成り立つにはこの倍の数が要ろうと思うが、前途遼遠（りょうえん）かな」

と奏者番の速水が語りかけ、

「速水様、すでにただ今の門弟で道場は一杯にございます」

と磐音が応じた。その上で、

「俊次どの、羽織を脱がれよ」

と命じた。

第二章　照埜の墓参り

一

母屋に藩主福坂実高、俊次父子と、坂崎正睦、照埜、磐音、空也、睦月を抱いたおこんの席が設けられ、深川名物、鰻処宮戸川の鰻を中心にした昼餉が始まった。稽古を共に見物した速水左近はおこんの誘いにも拘らず、

「屋敷で待ち人があるでな」

と断り、早々に杢之助、右近を伴って戻っていった。

磐音はそのことをおこんから知らされ、関前藩主父子と国家老一家だけの場を設けてくれたのであろうと、速水の気遣いを有難く思った。と同時に、幕閣の一員が一大名藩主父子と親しく酒食をともにすることは双方にとってよくないと避

けたのであろうとも考えた。

なにしろ速水左近と坂崎磐音が親しいことは、老中田沼意次、奏者番田沼意知父子とその一派が気にかけるところだ。さらに二者の間に関前藩福坂家が加わることで、田沼一派に格別な口実を与え、城中で実高がどのような嫌がらせを受けるやもしれなかった。

初めて江戸前の鰻を口にする俊次は、一口食して、

「これは美味にございますな。鰻とはかように美味しいものですか」

と嘆声を上げた。

俊次は突然磐音に羽織を脱がれよと命じられ、戸惑いの表情を見せた。言葉の意味が咄嗟(とっさ)に理解がつかなかったのだ。

「俊次、磐音がそなたの腕前を見ようと言うておるのじゃ」

「養父上、稽古をつけていただけるのでございますか」

「そうではあるまい。そなたの入門の可否を判断しようというのではないか。しっかりと肚(はら)を据えて坂崎磐音に挑戦いたせ。相手は西の丸家基様の剣術指南を務めた剣者、そなたがどのように打ちかかろうと案ずる要はない」

はい、と返答した俊次が羽織を脱いだ。するとそれを見ていた磯村海蔵が竹刀を持参して、

「若様、これを」

と差し出した。

「借り受ける」

と磯村に返事をした俊次が磐音を振り返った。すると磐音は手に木刀を握っていた。

「木刀稽古でしたか」

と磯村が慌てて竹刀を俊次から受け取り、木刀に替えようとした。

「磯村どの、尚武館では身分の上下、主従の関わりはござらぬ。自らの道具は俊次どのに選んでいただくがよかろう」

と磐音が命じると、はっ、とした磯村が、

「差し出がましいことをいたしました」

とその場に平伏した。

「磯村どの、分かればよい。俊次どの、壁に架かった木刀から己に合うたものを選びなされ」

磐音は磯村に言い聞かせ、俊次に命じた。俊次は頷くと壁に向かい、架けられた木刀の中から印のついていない木刀を手にして、素振りをし、別の一本に替えて素振りを繰り返した。そして、三本の中から一本を選び、くるり

と磐音を振り返った。

磐音は俊次の挙動から判断力を見ていた。印がある道具は当然、門弟らの持ち物だ。印なき木刀は不意に尚武館を訪れ、稽古を願う者のためか、木刀が傷ついたり、折れたりした場合の予備であった。俊次はそのことを的確に判断し、さらに己に合った木刀を選ぶ短い刻限に気持ちを鎮め、切り替えていた。そして、選んだ木刀は定寸(じょうすん)の枇杷(びわ)材のものだった。

俊次は一礼し、

「ご指導願います」

と願った。

「それがしは師に非ず、道中で行き合うた不逞(ふてい)の輩、野盗の類と思われよ。相手を叩き伏せねば自らの命はござらぬ。力の限りを尽くして打ちかかってこられよ」

「畏まって候」

俊次は木刀を正眼に置いた。対決者を信じ切った眼差しで、しっかりと磬音の両眼を見詰めていた。

宮本武蔵はその著『兵法三十五箇条』の中で、

〈其品きゝ在て、見事に見ゆる兵法、是中段の位也〉

と説明した。また、

〈構のきわまりは中段と心得べし。中段、構の本意也。兵法大きにして見よ。中段は大将の座也〉

とも付言した。

中段の構え、すなわち正眼は大将の構え、と剣聖は喝破したのである。

俊次の正眼には大将の気風が窺えた。

「参られよ」

「ええいっ」

と潔い気合いを発した俊次が磬音に挑みかかっていった。

「養父上、それがし、かように美味なるものを食したことがございません」

俊次がまた感激の言葉を吐いた。

「関前にはかような料理の仕方は未だ伝わっておらぬ。ゆえにぬるぬるの鰻を刺身にして食するが、泥臭くていかぬ」

「あれはいけませぬな」

と正睦も言い、照埜も、

「やはり鰻、てんぷら、鮨と江戸には美味が揃うておって、私は飽きがきませぬ。空也と睦月の世話をしながら、こちらで余生を過ごしてもよいとさえ思うております」

「照埜、そうは言うが、いつまでも婆がいては小梅村が困ろうぞ」

「いえ、舅様、うちは賑やかなのが嬉しく、いつまでおられてもなんの差し障りもございません」

「おこん、それがし一人で関前に戻れと言うか。それはあるまい。城下で嫁に逃げられたという噂が立つぞ」

「正睦、よいではないか。ここにも嫁に逃げられた男がおるわ」

と実高が突然言い出し、

「殿様、それとこれとは別にございます」

と慌てて正睦が言い繕った。すると実高が、

「いや、いい機会やもしれぬ、お代についてわが心内を話しておこう。ここに集う者は二家族、主従の身分を超えて厚き信頼に心を一つにできる者たちばかりだからな。どうじゃ、この考えは」

と正睦を見た。しばし沈思した忠臣が、

「殿のお心のままに」

と応じて実高が話し始めた。

「われら夫婦、いつの頃からか互いに少しずつ心が離れていっておった。子がおらぬことも一因であったやもしれぬ。それを放置したのは予の責任じゃ。特に鑓兼参右衛門が関前藩の家臣になり、お代が老いの寂しさを紛らわすためか、寵愛するようになっても、つい予は見て見ぬふりをして参った。予の罪咎は大きい」

実高の告白は淡々としていただけに誠が感じられた。

「こたび出府したのち、離れ屋に入り、その豪奢にして珍奇なる南蛮渡来の調度品の数々、呉服屋から取り寄せた着物、さらには化粧の品、櫛笄の飾りものなど、その数の多きこと、努々想像もつかぬほどであった。着物にいたっては、一人の女子が毎日取り換えて着ても何年もかかろうというほどの数であった。予の

目が行き届かぬところでかような浪費が行われていたこと、予の罪である。同時に、お代の心に目が向かなかったのは予の咎である」

「殿、それだけ巧妙に鐺兼参右衛門がお代の方様の心の隙間に忍び込んだのでございましょう。されど最後にはお代の方様もお気付きになられ、自ら剃髪なされて仏門に入られたのでございます。殿、しばらくはお寂しゅうございましょうが、我慢してくだされ」

と正睦が願った。

「予も還暦を過ぎて、あの世に旅立つ齢に差しかかった。人は独りで生まれ、独りで死んでいく身じゃ。予もそれに慣れぬとな」

「殿様、畏れながら申し上げます。そのお考えはいささか早うございます。こうして俊次様が跡継ぎになられたのでございます。俊次様が関前藩六万石の立派な藩主になられるためには、殿様にもうひと頑張りしていただかねばなりますまい。それに冬前には、お玉様にお子が誕生あそばされます。その行く末を見守られることも父親の務めにございましょう」

照埜が口を添えた。

「照埜、俊次はこうして磐音に弟子入りとなった。尚武館の門弟には御三家の尾張様、紀伊様をはじめとする家臣がおられることも分かった。また奏者番速水左近様の嫡男次男も修行なさっておられる。俊次にはよき手本となる方々が数多おられる。日出藩木下家分家の部屋住みが、こうして江戸という大海に泳ぎ出たのじゃ。正直、右も左も分かるまい。磐音、そなたに頼ってばかりじゃが、俊次の行く末を頼む。もはや磐音は関前藩士ではない、ゆえに俊次と主従の契りも一切ない。あるのは師弟の絆だけじゃ。俊次、心して師の心と技を学べ」

実高が最後には俊次に言い聞かせるように諭した。

「養父上、坂崎磐音様を生涯の師として学ぶことを、この場におられるご一統様の前で俊次、お誓い申します」

と爽やかに言い切った若武者が磐音に一礼し、磐音も会釈で応じた。

「どうじゃ、磐音の剣術の奥義の片鱗（へんりん）は感じられたか」

実高が俊次に尋ねた。

「とんでもないことにございます。それがし、坂崎磐音先生の前で木刀踊りをしていたような、真に恥ずかしき限りにございました」

「磐音、こう俊次は言うておるが、門弟にとってくれような」

「藩務の許されるかぎり、小梅村までお通いなされませ。三年辛抱なされば、豊後関前藩藩主として恥ずかしくない剣技を身につけられましょう」

「お願い申します」

俊次が座布団を下りて磐音に一礼した。その様子をにこやかに見ていた実高が、

「さて、側室のお玉の子は関前にて育つことになる。知ってのとおり、お玉の実家は商家である。照埜、そなたがお玉とやや子の面倒を見てくれぬか」

「おや、亭主どのと一緒に関前に戻り、お玉様のお子のお世話をせよと命じられますか」

「お玉の子の養育掛は嫌か」

「殿様の命に家臣のだれが逆らえましょう。おこんさん、どうやら江戸での楽しい日々に終わりが訪れたようです」

照埜も心の底では関前への帰国を覚悟していたのだ。だが、いささかの未練があってあのような言葉を口にしたのだが、実高の言葉でもはや覚悟を決めた。

「照埜、近々藩船が着くが、どうするな」

「おまえ様、船はこりごりにございます。東海道を二本の足で行くのも、この世の名残りにございましょう」

「そういたそうか。出立は明日藩邸に出た上、一同と話し合うて決めよう」

と正睦、照埜の徒歩での帰国が決まった。

「小梅村が急に寂しゅうなりますね」

おこんが磐音に言った。

「行く人があり、来るお方もある。出会いと別れは人の世の常じゃ。おこん、母上はまだまだお元気ゆえ、いつ何時、藩船に密かに乗られて江戸に出て来られぬとも限るまい」

「磐音、船の一室で二十日以上もじいっとしているのはご免です。婆は船頭衆の飯炊きでもしながら、船旅を楽しみとうございますな」

「国家老の妻に飯炊きをさせては、水夫ども落ち着くまいな」

と実高が笑い、磐音を見た。

「そなた、最前から言葉少なじゃな。どうしたな」

「小梅村の仮寓にかように実高様、俊次様においでいただき、その場に父と母があることを考えておりますと、感無量で言葉が浮かんで参りませぬ」

「そのほうが黙っておるときは、なんぞ考えておるときよ。なにを考えておる」

磐音は微笑みを浮かべた顔で会釈し、沈思した。

「そなたが考えておること、当ててみせようか」

磐音は沈黙したまま実高を見詰めていた。

「ただ今のお代の日々を思うておろう」

「いかにもさようでございます」

「なにを考えた」

「実高様はまだまだご壮健にございます。俊次様が藩主に就かれるためには数年の仕度が要りましょう。そのためには健やかであられることがなによりと存じます。また年月は人の気持ちをも変えましょう。いつの日か、鎌倉の海辺を実高様とお代の方様がそぞろ歩いておられるお姿を思い浮かべておりました」

「そのような日々が巡ってくるであろうか」

「殿様、必ずや参ります」

照埜が言い切った。

「そうじゃな。人は恩讐（おんしゅう）を超えて生きていくもの、憎しみを胸に抱いてあの世に参るのはいささか辛いでのう」

「はい、いかにもさようでございます」

「照埜、お玉と生まれくるわが子を頼む」

と実高が改めて照埜に願った。

「殿様、承知いたしました」

「ふうっ」

一つ息を吐いた実高が安堵の笑みを浮かべた。

「俊次、明日から磯村海蔵、籐子慈助らとともに尚武館坂崎道場に通うのじゃぞ」

俊次が養父の言葉に平伏した。

昼下がり八つ半（午後三時）の刻限、尚武館の船着場を関前藩の御船方が漕ぐ屋形船が離れ、隅田川へと姿を消した。

「磐音、おこん、長々と世話になったな」

正睦がしみじみと倅夫婦に礼を述べた。

「もはや明日にも出立なされるような挨拶にございますな」

「東海道を年寄り夫婦が京に向かって上っていくのじゃ、二十日以上はかかろうな。それから先は摂津まで船で出ることができる。大坂の藩屋敷に入れば便船を、旬日を経ずして摑まえられよう。出立は天気がよき日を選んで三、四日後かのう。長い道中ゆえ、今からこれくらいの覚悟でおらぬとな」

「どう気持ちを切り替えようとしましても、この寂しさは一入(ひとしお)にございます。おまえ様、門弟衆も一緒に、本所、深川の知己も招いてお別れの集いをいたしませぬか」

「この上、おこんらに迷惑をかけられようか」

「舅様、もしなにもしなければ、今津屋をはじめ、多くの方々から、豊後関前の人間はさほどの情なしかと言われ、肩身が狭い思いをいたします」

「そうじゃな、今津屋、若狭屋(わかさや)どの方と一献酌み交わしてのち、東海道に踏み出そうか。どうじゃ、照埜」

「それがようございます。そうと決まったらおこんさん、なにやらこの婆に帰心が湧いてきました」

磐音は東海道を旅する老夫婦を思った。むろん関前藩六万石の国家老の道中だ、実高もそれなりの供の者を従えることを命じよう。

そんな一家の様子を木槿の花が見下ろしていた。

木槿の花は朝(あした)に咲き、夕べには花びらを閉じる。一日だけを生きるためにこの世に生まれる花だった。

磐音の頭におぼろな考えが浮かんだ。

（はて、どうしたものか）

「おこん、婿どのよ、寂しくなるな」

と見送りの一家の背から金兵衛の声がした。

「あら、お父っつぁん、来ていたの」

「最前からいたんだが、殿様はいけねえや。それに正睦様と照埜様の背中を見ていたらよ、なんだか関前に戻られる日を決められたんじゃねえかと思ってよ。いよいよ言葉をかけられなくなってよ」

「さすがは私のお父っつぁんだわ。勘がいいのね」

「おこん、寂しくなるな」

金兵衛の言葉におこんがただ頷いた。

「金兵衛どの、約束が未だでしたね。明日にも参りましょうか」

「えっ、なにか照埜様と約束が残っていましたかね」

「そなたの嫁様のお墓参りにございますよ」

「霊巌寺（れいがんじ）に墓参りですか。関前藩六万石の国家老の奥方様が墓参りに行かれたらよ、おのぶがあの世で腰を抜かすんじゃねえか、おこんよ」

「江戸に戻った折りと春のお彼岸に墓参りに行ったきりよ。ぜひ明日にも参りましょう。照埜様、金兵衛差配のお長屋を見物するのも、江戸土産になるのではございませんか」

「な、長屋の連中がぶっ魂消てよ、それこそ座り小便しちまわないか」

「お父っつぁんたら、すぐに下賤に落ちるんだから。関前城下でおこんの父親の言動が噂になったらどうするのですよ」

「わしが噂になるってか。そんなこと、まかり間違ってもねえな」

と応じた金兵衛が、

「よおし、そうと決まったらあれこれと手配をしなきゃあ。和尚を摑まえてよ、新仏（あらぼとけ）の弔いなんぞに行かねえよう縄でくくっておこう。正睦様、ようございますね、照埜様を明日一日、お借りして」

「金兵衛どの、そなたの考えどおりになされ。この年寄りは藩邸で終日忙しいでな、お付き合いができぬ」

と正睦が受けて、明日の予定が決まり、金兵衛が急ぎ足で隅田川の土手道を深川へと戻っていった。

二

翌日、五つ半（午前九時）の刻、尚武館坂崎道場の船着場から霧子船頭の猪牙舟が静かに離れ、隅田川に出た。むろんおこんの母親、おのぶの墓参りの一行で、舟中には照埜、おこん、睦月と坂崎家の女ばかりだ。

舟中に照埜が剪った木槿の花があった。おのぶの墓への供花として照埜が選んだのだ。

空也はこの日、磐音と一緒に尚武館道場の縁側に座して、小田平助が関前藩主の跡継ぎ福坂俊次に槍折れの稽古をつけるのを見物して、墓参りには同行しなかった。母親のおこんに、

「明日はそなたのお婆様の墓参りに参ります。女ばかりの墓参りゆえ、空也は留守番ができますね」

と諭されるように言われて、最初は驚きを隠せないようだった。だが、磐音が空也の様子を見ているのに気付き、

「父上もお留守番ですか」

「むろん父上は道場で稽古を見なければなりません。小梅村におられます。俊次

様が初めて稽古に見えられる日ですから、父上は墓参りに同道はできません」

おこんにこんこんと言いきかされた空也は、

「母上、空也は小梅村にて留守番をいたします」

「それでこそ空也は、父上坂崎磐音の跡継ぎです」

おこんが空也の決断を褒めたものだ。それでも見送るのは寂しいのか、道場で槍折れの見物をして、舟が出ていくのを見ようとはしなかった。

俊次が初めて尚武館坂崎道場に稽古に来る日だが、豊後関前藩の跡継ぎには、藩主になる者の心得として仏間での先祖の供養など、朝あれこれとやるべきことがあった。ゆえに早朝からの稽古には参加できなかった。

俊次が磯村海蔵、籐子慈助らを供に小梅村に到着したのは、照埜らが墓参りに出かける四半刻（三十分）前だった。それでも富士見坂から、仕度されていた藩の早船に乗って急いだ結果だった。

そんな俊次を迎えた磐音は、客分の小田平助にまず俊次の稽古の面倒を願った。

「俊次様、槍折れは戦場往来の時代の名残り芸たいね。ちゃんとした士分は槍折れ、棒術の類は近頃あんまり稽古せんたい。ばってん、うちではたい、若先生がくさ、槍折れは剣術の基礎たる体造りによかちゅうて、取り入れておりなさるもん。それでこの小田平助が指導ばいたしますたい。俊次様はくさ、まだ背丈がぐんぐんと伸びとる最中たいね。無理をしちゃいけん。ばってん、槍折れの稽古でくさ、毎日すこしずつでんたい、体を鍛えると、足腰がしっかりとして剣術の構えも安定するたい。まず、こん小田平助がやってみせますばい。最初はしんどかろうが、我慢してくれんね」

と平助に願われ、

「畏まりました」

と丁寧に尚武館道場の客分小田平助に返事をした。だが、とぼけた大顔の平助がどのような技の持ち主か、俊次には想像もできなかった。

この日、俊次は真新しい稽古着を持参していた。その俊次はいきなり庭先に連れていかれた。さすがに関前六万石の跡継ぎ、裸足で稽古というわけにもいかず、平助はおこんが前夜から用意していた足袋と、武者草鞋で足元を固めさせた。

平助は身丈五尺二寸余の小さな体だ。

手に馴染んだ赤樫の槍折れ六尺三寸余は木刀よりも径が太かった。ゆえに当然、木刀の二倍半から三倍の重さがあった。

（この体で棒切れをどうするというのだ）

「若様、よかね。槍折れの根本はくさ、腰たいね。腰がしっかりせんと振り回せんたい」

平助は自らの腰をぽんぽんと叩いてみせた。そして、門弟たちが踏み固めた庭の真ん中に立ち、槍折れを立てて正立すると、前方に向かって一礼し、

「富田天信正（とだてんしんしょう）流槍折れ、両手素振り」

と自らに宣告した。なんと六尺三寸余の槍折れを正眼に構えると、体を前後させながら、剣術の素振りと同じ動きを始めたではないか。小さな体が六尺三寸余の槍折れを悠々と素振りする技に、俊次は言葉もない。

「……………」

そのとき、かたわらに人の気配を感じて俊次が振り向くと、磐音が稽古用の槍折れを手にして立っていた。

「どのような大力の主でも、初めての者は十回と素振りを続けるのは無理です。ですが、足腰がしっかりするとだんだんできるようになります」

磐音も平助の横手に加わると、

「片手素振り」
と平助が声を上げたのに合わせて、槍折れを片手に保持して素振りを始めた。
平助と磐音の片手素振りはぴたりと息が合い、その上、空気を裂く音が、
しゅっしゅっ
と軽やかに庭に響いた。
「槍折れ片手踊り」
平助が次なる芸への移行を宣言した。その息遣いは全く乱れた様子がない。
磐音と平助の間隔が離れ、二人は同時に槍折れを頭上に振り上げると、六尺三寸余の槍折れを片手に、
ぶんぶん
と回転させ始めた。
もはや俊次は言葉もなく茫然自失して、ただ二人の動きを見ていた。かたわらでは空也が腰に差していた木刀を自分の頭上で振り回して真似ている。
「そおれ」
平助が一つ合いの手を入れると、平助と磐音は頭上で槍折れを回転させつつ、体を前後左右に飛び跳ねさせた。

強靭な足腰と手首がなければとても耐えられない動きだった。

（剣術の稽古とはこれほど厳しいものか）

俊次は日出藩領内に伝わる自らの剣術の稽古がなんであったのか、自信を喪失していた。

「やめ」

平助の声で磐音も動きを止めた。

尚武館の長屋門の下に、五、六人の若侍が木刀を肩に担いで立っていた。

ちらりと見た磐音は注意を俊次に戻した。

「尚武館佐々木道場は代々直心影流を受け継いできました。ゆえにかような槍折れの稽古はいたしませぬ。ですが、亡き養父も小田平助どのの槍折れの稽古法を認めて、剣術を志す者が体を造るのによいと言うておられました。それがしは養父の言葉にも従い、積極的にこの鍛練法を取り入れてきたのです」

「磐音先生、それがしにできましょうか」

「俊次どのの流儀をお教えくだされ」

「本藩に通い、東軍流を学びました」

「東軍僧正が開祖の流儀を学ばれましたか。いささか直心影流とは勝手が違いましょう。じゃが、まず俊次様はお体をしっかりと造ることが大事にございます。倦まず弛まず小田平助どのの教えに従い、学びなされ」

「はい」

と畏まった俊次に、

「若様、まず槍折れの握りば教えますたい」

平助が俊次に軽い槍折れを与えて、

「好き勝手にくさ、振り回してみんね、若様」

と命じた。

「小田先生、若様はおやめくだされ。坂崎磐音先生は、尚武館の門を潜れば身分の上下は関わりないと最初に仰いました」

「そうじゃったそうじゃった。ならば俊次さんでよかね」

「小田平助様はわが師の一人にございます。俊次の呼び捨てでお願い申します」

「六万石の跡継ぎば呼び捨てにせえち言いなさると。できるやろか」

と言いながら小田平助が、

「俊次、は、やっぱりいけんたい。若先生は、だれでん、門弟にはどの付けたいね。若先生と同じにくさ、俊次どのでいこうかね」

呼び名ではなんとかなったが、気分の上で小田平助には未だ引っかかりがあるようだった。そのことを敏感に察した俊次が言った。

「お二人とも、俊次を他の門弟衆方と同列に扱うてはくだされませぬか」

「俊次どの、われらもおいおい慣れていきましょう。それまで我慢なされ」

と磐音が言い、俊次は庭の真ん中に立つと、六尺余の長さの槍折れの素振りを始めた。

だが、木刀の定寸は三尺三寸、六尺余の赤樫の棒を上下に振るのは初心者にとって至難の技だった。

それでも俊次は両足の幅を広くとり、腰を定めて六尺棒を正眼から上段に持ち上げて、

「えいや」

と前方に振り下ろすと体がよろけた。

突然、長屋門の下で庭の稽古を見物していた若侍の間から失笑が起こった。すると縁側にいた空也がつかつかと門の下の若侍に近寄り、手にしていた小さな木刀で、
こつんこつん

と膝を殴りつけていった。

「あ、い、痛たた。なにをするか」

と一人が空也を睨むと、

「無礼千万はそのほうらじゃ。他人の稽古を見て笑う侍がいるものか」

と胸を張って叱った。

「くそっ」

と罵り声を上げた一人が空也の襟元を摑もうとすると、それまで機会を窺っていた白山が、その者の袴の裾を嚙むと左右に振り回した。

予期せぬ攻撃に若侍が腰砕けに転がった。

派手な羽織、袴から見て、大身旗本の次男坊か三男坊か。部屋住みで一生飼い殺しの身ゆえ、世間で評判が上がり始めた小梅村の尚武館坂崎道場にちょっかいを出しに来たか。

「おのれ」

仲間が白山と空也に摑みかかろうとした。

「やめない！　あんたら、まだ幼い子や犬を相手になんば考えちょると。最前から稽古を見物しちょったな、それは許そうたい。ばってん、他人の稽古ば見て笑うことは許されんたい。空也様にくさ、殴られてん仕方なかろが」

と小田平助が糺し、

「あんたら、なんしに来たと。入門したいとな、それとも見物だけな。なんなら、こん小田平助が相手をしてんよかばい」

と唆した。すると空也が、

「平助どのはつよかばい。あんたらで相手になるやろか」

西国訛りを真似て言ったものだ。

「おのれ、爺と餓鬼に悪態を吐かれ、おめおめ引き下がれるものか。木挽町の江戸起倒流の名誉にかけて、叩き潰すぞ」

白山に地べたに転がされた若侍が立ち上がって叫んだ。

なんと鈴木清兵衛門下の若侍という。起倒流の木挽町道場と小梅村の尚武館坂崎道場にどのような関わりがあるか、なにも知らずに先輩門弟に唆されて訪ねてきたか。

「よかろよかろ。ばってん一人ひとり順番にくさ、立ち合うのはたいい、面倒たい。五人一緒にかかってこんね」

「言わせておけば」

五人が庭に入ってきた。

「俊次様、じゃなか、俊次どのじゃったね、ちょっと稽古ば中断しますばい。そこで見物しちょらんね」

平助が言い、五人の若侍に、

「木刀は持っちょると、仕度はよかね。なかなか立派な召し物ばってん、汚れるといかんたい。脱いだほうがよかろ」

とさらに注意した。

「あれこれとぬかしおって、許せぬ。爺、そのほう、偽侍であろう」

「偽侍ち言いなはるな。まあ、西国筋の家中のくさ、離れ番屋の下士たいね。立派な二本差しといささか違うばってん、偽侍じゃなかと」

と言いながら、

「仕度はよかね。槍折れはくさ、木刀より太かたい、当たると骨が折れるばい。覚悟はよかね」

相手に最後に問いかけた。

道場の稽古は中断することなく続いていた。

俊次は、道場破りと思える五人組の訪問にもまったく手を休めようともしない尚武館の豪胆さに、驚きを禁じ得なかった。

そこへ空也が戻って来た。

「父上、お許しください」

「空也、なぜ父に許しを乞うのか」

「あの者たちは無礼です。稽古を笑いました」

「ふっふっふ、母上が知れば喜ばれような」

「母上は喜ばれますか」

「若い頃は、他人様の喧嘩を横取りしてでも買われた口じゃでな。空也にもその血が流れておるのであろう。じゃが、あの輩は匹夫(ひっぷ)じゃ。俊次どのや子供の空也が相手にしてはならぬ」

「はい。母上には内緒にしてくださいますか」

「そなたの勇気に免じてそうしよう」

庭先では小田平助が槍折れを構えて五人の若侍に相対していた。

「若先生、どげんしたもんやろか」

「まだ世の中の理(ことわり)も分からぬ未熟者です。顔や手足をさけて軽い打撲ていどに留めてくだされ、平助どの」

磐音の言葉に若侍たちがいきり立った。

「おのれ、許せぬ」

一人が磐音に向かって木刀を振りかざし、いきなり襲いかかった。

手にしていた槍折れが地面から、
すいっ
と振り上げられ、踏み込んできた若侍の腰を叩くと転がした。

それがきっかけになって四人が小田平助に襲いかかった。

平助は四人の遅速、技量の差を一瞬にして見極めると、一人目の鳩尾を突き、その槍折れが右隣に翻って脇腹を殴りつけ、その者の体が横に吹っ飛ぶと端にいた三人目を薙ぎ倒し、槍折れがいったん手もとに手繰られると、立ち竦む相手の顔面に差し出された。

一瞬の早業であった。

一人残された五番目の若侍は、驚きのあまり、ぶるぶると身を震わせていた。

「世渡りの最初はくさ、身の程を知ることばい。そげんことも考えんでくさ、なんでんかんでんいきり立つとくさ、こげん目に遭うたい。よかね、木挽町に戻ってくさ、剣術の基本から学び直しない。そんで腕を上げたと思うたらくさ、また小梅村に来んね。待っちょるばい」

小田平助に児戯扱いされた若侍らが、這う這うの体で尚武館から逃げ去った。

「俊次どの、待たせたたいね、生兵法はとかくあげん輩を造りあげるたい。俊次どのはくさ、殿様になる人やもん、あげん剣術を身につけちゃならんたい」

「はい。小田平助先生の教えを守り、剣の本道を身につけまする」

「剣の本道はわしじゃなか。坂崎磐音ちゅうくさ、立派な手本がおられるたい」

と大顔をくしゃくしゃにして笑った。


小名木川の南側にある霊巌寺の一角におのぶの墓はあった。すでに金兵衛が墓掃除を済ませていた。本日は和尚の宋源自らが墓前に姿を見せて、読経を上げてくれ、厳かな法要となった。

「亡くなられて早十七年か。むろん墓前に添えられたのは白い木槿の花だった。

読経を終えた和尚が墓碑を確かめておこんに話しかけた。

「はい。おっ母さんは私が今津屋に奉公したことも、坂崎磐音様と所帯を持ったことも知らずに身罷りました」

おのぶがこの世を去ったのは明和三年（一七六六）初秋、木槿が咲き誇る候だった。

その折り、おこんは十三歳であった。

「金兵衛さん、男手一つでよう育てられた」

「幼い頃から鼻っ柱の強い娘にございましてね、まさかお侍の嫁になるなんて夢にも思いませんでしたよ。それも豊後関前藩六万石の国家老の嫡男だ。月とすっぽんだね」

「いえ、金兵衛どの、磐音は藩を脱して素浪人でこの深川に世話になったと聞いています。月とすっぽんどころか、おこんさんに磐音は拾われたのでございますよ」

と照埜が言い、

「和尚さんよ、こういうのを破れ鍋に綴蓋と言うのかね」

「金兵衛さん、坂崎様は先の西の丸徳川家基様の剣術指南、おこんさんは今津屋の奥を取り仕切った今小町、それはなかろう」

「いえ、和尚様、お父っつぁんの譬えは意外と的を射ているかもしれません。破れ鍋と綴蓋同士、末永く生きて参ります」

「おこんさん、私の見立てじゃがな、おまえ様の亭主どのはこの数年後に隆盛運が巡ってきますよ」

「和尚様、私は、格別になにを願うというものでもございません。今のまま穏やかに暮らしていけるなら、それで十分でございます」

「そうだな、日々三度三度のおまんまが食べられてさ、元気であればそれでいいよ。なあ、おのぶ」

と金兵衛が墓に話しかけた。

おこんの耳にどこからか声が聞こえた。

(亭主に恵まれ、舅姑様に可愛がられ、二人の子を授かった。それ以上はお父っつぁんが言うように贅沢ですよ)

はい、とおこんが呟き、

「おこん、どうしたえ」

「いえ、お父っつぁん、なにも言いませんよ」

「おかしな娘だよ。独り返事をしてさ。さあ、本日は竹蔵親分の地蔵蕎麦に席を設けてあるんだよ。照埜様、鰻もいいが毎日はいけねえや。その点、蕎麦は毎日でも食せるからね」

女たちを引き連れて金兵衛が小名木川の猪牙舟に戻っていった。

三

墓参りの一行が小梅村に戻ってきたのは昼下がりの八つ半（午後三時）の刻限だ。船着場の土手上で白山と空也が出迎えてくれた。かたわらには季助が従っていた。

空也の腰には、磐音が四つの倅のために折れた木刀を利用して作り直した小さな木刀があった。

「母上、婆上様、お帰りなさい」

「ちゃんと留守番ができましたか」

おこんが空也に声をかけると、

「空也は侍の子です。留守番くらいなんでもありません」

「なにやら空也が凜々しく見えます」

照埜も言い出した。

「ふっふっふ」

と笑った空也と白山が土手道を駆け下り、横付けされる霧子船頭の猪牙舟から投げられた舫い綱を季助が受け取った。

「季助さん、道場に変わりはございませんか」

「変わり、でございますか。未だ考えが足りぬ若侍が五人ほど、尚武館の稽古を邪魔しに来たのか、力試しに来たのか、空也様と白山にさんざんな目に遭わされて逃げ帰ったくらいでしょうかな」

父と子の約定を知らぬ季助が洩らしてしまった。

おこんの目がまん丸くなり、

「空也、そなたと白山が道場破りを追い払われたというのですか」

「いえ、槍折れで追い出されたのは小田平助様です。空也は腹が立ったので、最初に五人のひざをこの木刀で打っただけです」

「えっ、それで大事はなかったのですか、空也」

照埜も慌てた。

「父上からあとでおしかりを受けました」

「なにやら話が分かりませぬ。季助さん、教えてください」

おこんが願い、季助が経緯を話した。

「おうおう、それならば話が通ります。なにも磐音は空也を叱ることはないのです。私から磐音に注意しなければ。俊次様の稽古を見て笑うなど、武士がなすべき所業ではございません。空也、ようやりなさった。そなたがそれほど利口に留守番ができたとは、お婆は安心して豊後関前に戻ることができます」

と応える照埜の目が潤んでいた。

「空也、留守番の男衆にと、地蔵蕎麦の親分さんが、ほれ、蕎麦饅頭をつくって土産に持たせてくださいましたよ」

「ひるげはおそばでしたか」

「空也は食しましたな」

「はい、父上や門弟衆といっしょに、高菜づけの葉で巻いたにぎり飯と浅蜊汁でたべました」

「母はもう安心です。空也が一人前に留守番できるのですから」

おこんが舟から風呂敷包みを差し出し、

「持てますか。門弟衆とご一緒に食しなされ」

と言うと、空也が受け取った。その体をおこんがそおっと両手で抱いた。空也はちょっぴり恥ずかしそうで、それでいて嬉しそうな顔をした。そして、

「おお、これは重いぞ。白山、てつだえ」

と命じたが白山は知らぬ顔だ。

「空也様、季助が持ちましょう」

「いいえ、母上は空也に命じられたのです。私が道場まで運んでいきます」

「しかし、いくらなんでも空也様のお体の半分はありそうな包みですぞ。季助と一緒に運んで参りましょう。それならばお母上もお許しくだされましょう」

空也がおこんを見た。

独りで風呂敷包みを抱え、真っ赤な顔で空也が頑張っていた。母が提げても重いほどです、季助さんに手伝ってもらいなされ」

「空也、地蔵の親分が蕎麦も入れてくださいました。母が提げても重いほどです、季助さんに手伝ってもらいなされ」

はい、と返事をした空也が、

「季助さん、そっちを持ってください」

「はいはい。ひ、ふ、み、と掛け声をかけながら土手を上がりますぞ」

空也と季助が、

「ひ、ふ、み、ひ、ふ、み」

と繰り返しながら、竹蔵親分からの土産を尚武館道場へと運んでいった。

猪牙舟からおこんが下り、照埜の腕から睦月を受け取った。

「睦月も、照埜様が江戸におられる間に大きく育ちました。それを舟の中でずっと抱きかかえておられたのです、重うございませんでしたか」

「ずっしりと腕が痺れるほどです。おこんさん、もはや睦月を抱けぬと思うと、なにやら無性に寂しゅうなります」

「照埜様、いつもの歌を歌うて、また江戸に出てきてくださいまし」

おこんの言葉に、照埜がうんうんと頷き、

「はあっ、おばばどこへいく、
三十五反の新造船に乗ってよ、
華のお江戸に孫抱きによー」

としんみり歌い、

「おこんさん、照埜の江戸訪問は、生涯一度の道中ですよ」

と呟いたものだ。

「義母上、磐音様が昨夜も床で呟いておいででした。来年には、明和の騒ぎで命を落とした友の十三回忌が巡ってくる。なんとか関前の猿多岬の三人の墓所に墓詣でがしたいものだと」

「おお、そうです。殿様に願うておこんさん、そなたの一家が関前においでなされ。空也はもちろんのこと、睦月も来年になれば旅ができましょう」

照埜が舟を下りて、最後に霧子が木槿が咲く船着場に跳んだ。

尚武館道場では住み込み門弟の辰平や利次郎らが、空也と季助の運んできた風呂敷包みを囲みながら、

「空也様、おこん様に許しを得ずにこちらで解いてよいのですか」

と問うていた。そこへ照埜と睦月を抱いたおこん、霧子が姿を見せて、

「皆様への土産にございます。どうぞ、竹蔵親分のご厚意をご賞味ください」

「ならば遠慮なく」

と風呂敷包みを解きながら、

「辰之助(たつのすけ)、茶を淹(い)れてくれ。季助さんの長屋の火鉢に鉄瓶がかかっておろう」

と利次郎が同輩に命じ、霧子を見て、

「霧子、ちゃんとお供が務まったか」

と余計なことを訊いた。

「私はただ舟の櫓(ろ)を漕いで霊巌寺と地蔵蕎麦に立ち寄り、ご馳走になってきただけです」

「そうか、昼餉に蕎麦か。蕎麦も時にはよいな」

「ならば早苗さんに言って、夕餉にも蕎麦を茹でてもらいましょうか。包みの中

には親分さんが打った蕎麦が入っています」

「馳走になります」

「お礼は竹蔵親分に申されませ」

おこんが答えるところに、母屋から磐音がふらりと姿を見せた。賑やかな声が伝わり、迎えに出てきたのだ。

「母上、墓参りはいかがでございましたか」

「おこんさんの母御のおのぶさんのお墓に詣でて、もはや私は江戸になんの未練もございません。これですっきりとした気分で関前に帰れます」

照埜はつい最前おこんに洩らしたこととは反対の言葉を口にした。

「それより磐音、空也の勲しを叱ってはなりません」

「いえ、叱ったわけではございませんが、相手が相手、子どもや犬相手になにをしでかすか分からぬ輩ですから、時に分別せよと言うただけです」

「いえ、それは筋が違います。武士の子ならば、俊次様の稽古をあざ笑う輩を捨ておくなどできませぬ。父親が褒めぬなら婆が褒めちぎります。ようやりなされた」

照埜が空也を抱き寄せた。

「それがしも稽古をしながら、ちらりと見ました。空也様はなかなか機敏にして大胆極まりない動きでございましてな。腰の木刀を抜く手も見せずに五人の膝をこつこつと叩かれて、さすがは坂崎磐音様の嫡子と誇らしゅう思いました」

「なに、利次郎、稽古中に庭先の出来事を見物しておったか」

と辰平が訊いた。

「その折り、相手しておったのは辰之助ゆえな、つい」

「その隙をつき、ぽかりと痛烈な面打ちを食らわせて、利次郎さんの目を覚まさせました」

辰之助が季助の長屋の火鉢にかかっていた鉄瓶を提げて姿を見せ、応じた。

「辰之助、あれはあるまい」

「いえ、稽古の最中に他に注意が向くのは不覚の証拠です」

「まあな。じゃがそなたら、庭先の騒ぎを見なかったか」

利次郎の反論に、

「いつ手助けに行ってもよいように観察はしておった」

とか、

「それがし、眼前の相手に意識を集中しつつも、庭先の出来事を心眼にて見ておった」

とか勝手なことを言い出した。

「その折り、庭先にはだれがおられたのです。福坂俊次様と空也様、それに白山だけですか」

と霧子が尋ねた。

「いや、若先生と小田様が」

と思わず利次郎が霧子の問いに答え、

「尚武館の主と客分の小田様がおられたのです。利次郎様方は稽古に集中していなければなりません」

と女門弟の霧子に言われて一同しゅんとした。

「空也の悪戯がえらい騒ぎを引き起こしましたね」

「母上、あれはいたずらではありません。せいばいです」

「おやおや、俊次様も強い味方を尚武館にお持ちですね」

わいわいと賑やかな声が次から次と飛び出して、お茶が淹れられ、

「縁の欠けた茶碗で恐縮ですが、まずは照埜様に」

利次郎が照埜に供し、

「お墓参りを名目に美味しい蕎麦を頂戴して戻ってみると、門弟衆に茶を供される。なんとも極楽な暮らしでございます」

「また、おいでくだされ。重富利次郎、霧子ともどもお待ちしております」

「えっ、利次郎さんと私がなぜ、ともども照埜様をお待ちするのですか」

「よいではないか」

利次郎が蕎麦饅頭を一つ手にして、がぶりと食し、しばらくもぐもぐと口を動かしていたが、にんまりと笑って、

「これは頃合いに甘くて美味じゃぞ」

「おこん、地蔵蕎麦に蕎麦饅頭などあったかのう」

と磐音がおこんに問うた。

「いえ、これまでは店には出していなかったそうです。家族と奉公人のために、おかみさんが折り折りに手作りしていたものを客が食べて、利次郎さんのように美味いと言われるので、お店でもお品書きに載せることにしたのだそうです」

小田平助ももごもごと食べていたが、

「こりゃ、確かに美味かばい。こりゃ、売らん手はなか」

と実に満足げだ。

空也はただひたすら黙々と食べていた。

「どうですね、空也」

「じぞうの親分さんのまんじゅうは日本一です」

おこんに問われた空也が応じて、

「父上、美味しゅうございますね」

と磐音に相槌を求めた。そんなふうに門弟衆と蕎麦饅頭を賑やかに食し、茶を喫していると、

「なんだ、尚武館は甘党に宗旨替えか。大の男が昼間から蕎麦饅頭などにかぶりついている図は、決して褒められた光景ではないぞ」

と武左衛門が母屋にいた早苗とともに姿を見せた。

「ご免なさい、早苗さん。つい道場で引っかかって、母屋に辿り着けなかったわ。今日も武左衛門様はうちを手伝ってくださったの」

「いえ、お屋敷の御用で本所に使いに出て、道で出会ったどなたかに、若先生に言付けを頼まれたそうです」

早苗が武左衛門を振り向くと、あれこれと文句をつけた当人は両手に一つずつ蕎麦饅頭を持ってむしゃむしゃ食べていた。

「父上、御用も済まぬうちになんですか」

「そう言うな。早苗、この蕎麦饅頭、なかなかのものじゃぞ」

「武左衛門どの、竹蔵親分の店の新しい売り物じゃそうな」

磐音が言った。

「なにっ、蕎麦屋で饅頭も売るのか。地蔵蕎麦め、近頃商いに走っておるのではないか。蕎麦屋は蕎麦一筋が心意気というものじゃが、うんうん、それにしてもこの饅頭はうまい」

一つ目を食べ終わると二つ目の饅頭を口に運びかけ、早苗の視線に気付いた武左衛門が、

「おお、そうじゃ。南割下水(みなみわりげすい)で天神鬚(てんじんひげ)の百助(ももすけ)様に会うたと考えられよ。近々父子で小梅村を訪ねるそうな。念願のものの研ぎの手立てがようやくついたゆえ、これ以上そう長くは待たせまいと言うておったぞ。それで分かるかな」

「分かります」

「差料を研ぎに出しておったか。おお、そうだ、修太郎はこちらに姿を見せぬか。入門を願えと言うて聞かせたのじゃがな」

「いつのことにございます」

「昨夜のことだ」

「おかしゅうございますね。修太郎は、なにを考えているのやら」

「勢津が川向こうの私塾の話で修太郎に途方もない夢を持たせてしもうたでな、いささかすねておるようじゃ。中間（ちゅうげん）の父親の倅が、大身旗本の嫡男が通うような私塾に行けるものか。あいつには小梅村の尚武館坂崎道場程度がちょうど似合いのところなのじゃ。それがあやつ、分かっておらぬ」

と宣（のたま）った武左衛門が、

「のう、若先生」

と相槌を求めた。

「父上、なんということを」

「尚武館坂崎道場程度で相すまぬことでござる」

早苗と磐音がそれぞれ応じた。

すでに利次郎ら住み込み門弟は蕎麦饅頭を食して茶を喫し、夕稽古に戻っていた。

照埜も空也の手を引き、おこんも睦月を抱いて母屋に引き上げた。早苗だけが、父親を一人にしてよいものかどうか迷うようにその場に残っていた。

「言葉の綾じゃ。そう些細なことを気にするでない。ところで天神鬚になにを頼んだのじゃ」

「武左衛門どの、お忘れですか」

「なにを忘れたかのう。近頃、朝餉になにを食したかも覚えておらぬ」

「神保小路の尚武館増改築の際に、地中から出てきた甕に二振りの古刀があったのを記憶されておられませんか」

「おお、あったな。確か太刀のほうは研ぎが終わって、若先生のもとに戻ってきたのではないか」

「平安末期の山城国の刀鍛冶五条国永にございました」

「となると、小刀のほうもそれなりのものと考えてよいな」

「はい。二振りの刀が揃えば、直心影流尚武館道場の礎になるべき宝刀かと思われます」

「伝家の宝刀か。なれば売れまいな」

と武左衛門が嘯いたとき、船着場のほうで船が到着した気配がした。

「父上が戻られたようじゃ。早苗どの、しばし待たれよ」

磐音が早苗に願って立つと、武左衛門も従ってきた。

道場の門前まで行くと、白山だけが関前藩の所蔵船を迎えていた。やはり正睦の帰宅だった。

「早苗どの、母上とおこんに父上のお戻りじゃと伝えてくれぬか」

尚武館の玄関前に佇む早苗に言うと、磐音と武左衛門は船着場に下りた。

正睦には二人の若い家臣が従っていた。一人は藩物産所勘定方の園村平八郎で、もう一人は顔も名前も磐音には記憶がなかった。園村と同じく二十三、四歳であろうか。年齢のわりには落ち着いた態度で磐音らを見上げた。

「お帰りなされませ」

「磐音、三日後、この二人と小者二人が供をしてくれてな、大坂の藩屋敷に向かうことになった」

「決まりましたか」

と応じた磐音は、

「お手前方、父と母が世話をかけます。よしなにお願い申します」

と頭を下げた。

「坂崎磐音様、お父上は関前の国家老にございます。われら家臣が従うのは当然の務めにございます。それがし、腕には自信がございませんが、朋輩の本立耶之助は柳生流の遣い手ゆえ、道中安心にございます」

　園村が正直な気持ちを吐露した。

「本立どのとな。国許で本立文五郎どのとしばし交流があったが、嫡子どのか」

「文五郎はそれがしの伯父にございまして、三年余前伯父が病で亡くなったとき、嫡子のない本立家に養子として入りました。これまで坂崎磐音様とは行き違うてお目にかかる機会を逸してきましたが、図らずも本日正睦様の指名で道中に従うことになり、磐音様にお目にかかることができました」

　と顔を上気させた本立耶之助が言ったものだ。

　そのやり取りを聞いていた正睦が磐音に視線を向けた。

「磐音、ちと二人だけで話がある」

「ならば園村どの、本立どの、しばし道場で過ごされよ」

　と磐音は二人に言うと、

「父上、土手道を散策しませぬか」

　と誘った。

四

四半刻、父と子は二人だけで話をしながら、木槿の花がしぼんだ隅田川河畔をそぞろ歩き、尚武館へと戻っていった。

「明日にも藩邸からの帰り道に速水左近様、今津屋、若狭屋などに別れの挨拶をしてこようと思う」

尚武館道場の茅葺き(かやぶき)の門を潜りながら正睦が言った。

白山が尻尾を振って父子を迎えた。

「最後を今津屋どのにしていただけませぬか。それがしがお迎えに参りますゆえ、刻限を合わせて落ち合いませぬか」

今津屋は江戸金融界有数の商人だが、磐音を通じて豊後関前藩とはこの十余年親しい交わりを続けてきた。坂崎家とも格別の間柄だ。ゆえに磐音は父と同席して礼を述べようと思ったのだ。

正睦は富士見坂の関前藩邸に出仕し、そのあと、別離の挨拶回りをすることになる。今津屋で落ち合えば一緒に小梅村へと戻ってこられる、と磐音は明日の行動を思い描いていたのだ。

「そういたそうか」

道場では住み込み門弟らが思い思いの稽古をしていた。その様子を庭先から武左衛門が眺めていた。

「父上、道場を見て参ります」

「ならば、わしは先に母屋に戻るぞ。いくつか書状を認めたいでな」

半年近くに及んだ正睦と照埜の江戸滞在も残り少なくなり、急に慌ただしくなった。

磐音は、母屋に向かう竹林の道へと姿を消す正睦を見送ると、道場に上がった。

住み込み門弟が中心の夕稽古だ。朝稽古の賑やかさはない。だが、己の弱点や悪癖を克服するために一人ひとりが課題を設け、自ら創案した地道な動作をなして体に覚え込ませていた。

地味ながら辰平ら一人ひとりにとっては大事な稽古を、園村平八郎と本立耶之助が道場の一角で見物していた。

園村の顔はいささか退屈していたが、本立の表情は興味津々であった。

磐音はふと思いついた言葉を口にした。

「本立どの、稽古をいたしませぬか」

　はっ、と返答をした本立耶之助が、

「磐音先生がご指導くださるのでございますか」

「迷惑かな」

「とんでもございませぬ。かような僥倖があろうとは努々考えもしませんでした。それがし、稽古着の用意もございませぬが、この形でようございますか」

「羽織を脱がれるだけで宜しかろう」

　畏まりました、と本立は上気した顔で早速羽織を脱ぐと、尚武館坂崎道場の神棚に向かって一礼し、木刀を二本持って待つ磐音のもとに歩み寄った。

「関前藩に柳生流を学ぶ家系があろうとは、それがし、寡聞にして知らなかった。とは申せ、それがしが藩を離れて十余年の歳月が流れておる」

「本立家でも、府内藩の分家だけに柳生流は伝わっております」

「大和江戸柳生の流れか、それとも尾張の流れにござるか」

「伝承によれば大和江戸柳生の流れにして柳生宗厳石舟斎様の直弟子の志賀湖右衛門道兼なる剣術家が西国修行の折りに府内藩のわが先祖の家に逗留し、伝えたとか。その真偽は定かではございませぬ。ゆえに柳生府内流ともいうべき流儀で、新陰流とは似て非なる流儀と思えます」

磐音は志賀湖右衛門という剣術家に覚えがない。だが、柳生石舟斎が創始した新陰流は、徳川家の御流儀のように大和江戸柳生系と尾張柳生系に分かれて、一世を風靡し、今も確乎たる地位を築いていた。

「そなた、府内藩で育たれたか」

「ゆえに坂崎先生とは全くお会いする機会がなかったのでございます。本家を継いだ当初は関前城下で奉公しておりましたが、正睦様の命で大坂の藩屋敷に務め、江戸藩邸に呼ばれたのは、こたびの実高様の参勤上番に同道してのことでございます」

はきはきとした口調で自らを語った。

府内藩は、豊後国大分郡の多くを領有した小藩である。ただ今は松平（大給）家が支配していた。

「柳生流、拝見しよう」

磐音と本立耶之助は構え合った。

「ほう」

磐音は思わず感嘆の声を上げた。

この若さで堂々とした中段の構えであった。剣術の王位たる中段、すなわち正眼の構えがとれるのはなかなかであった。

磐音は構えかけた木刀を外した。

「師は父御でござるか」

「はい。ゆえにそれがしの剣が他流に通じるや否や、全く見当もつきませぬ」

と正眼の構えを崩すことなく本立耶之助が答え、

「坂崎先生のご指導に足らざる力量にございますか」

と磐音が木刀を構えぬ理由を問うた。

「本立耶之助どの、そなたはよき師を持たれた。父御にどれほど感謝してもし足りまい」

磐音が改めて直心影流の中段の構えに木刀を置いた。すると本立が気合いを入れ直すように背筋を伸ばした。

「打ちかかってこられよ」

磐音の言葉に本立は戸惑いを見せた。だが、命に従い、

「ご免」

と叫ぶと、一気に踏み込んできて、磐音の両眼を正視しつつ木刀を面に振り下

ろした。

なかなか迅速な木刀捌きで、うなりを上げて磐音の面を襲った。

道場で独り稽古を続けていた辰平らが手を休めて、本立の小気味よい踏み込みと攻めを見詰めた。

磐音は本立に十分踏み込ませておいて、振り下ろされる木刀を面上一、二寸のところで軽く払った。

本立の体勢が崩れかけたが必死で立て直し、胴へと木刀を翻した。この二の手も力の籠った攻めだった。

磐音は木刀を合わせるようにして引き寄せると、
ぽーん
と押し戻した。すると本立耶之助の体が横手に転がって床に倒れた。が、素早く立ち上がり、正眼へと戻した。

「こんどはそれがしが攻めよう。覚悟して受けなされ」

「はっ」

磐音が正眼の構えのままにずいっと踏み込み、面へと振り下ろした。

本立が必死の形相で磐音の面打ちを弾いた。

だが、磐音の二の手が小手にきた。

それを本立は受け止め、絡み合った二本の木刀に体を預けて押し戻そうとした。

磐音が下がった。

さらに押した。磐音がまた下がった。だが、絡み付いた木刀は鳥黐竿に捕まった小鳥のように外れなかった。

本立はさらに腹に力を溜め、両腕を伸ばして押すと、間合いをとろうとした。

だが、磐音は本立が押せば引き、引けば押して攻めの体勢にさせてはくれなかった。

（打つ手はないか）

師であり、父であった本立健五が常に耶之助に問いかけていた言葉を思い出した。

健五は、行動や言葉に表さないと、

ばしりばしり

と竹刀で耶之助を攻め立てた。そんな追い込まれた状況の中で見出した一手が、

「真技」

と言うのだと父は教えた。

磐音は父とは違った。剣術に対する思索が柔軟で懐が無限に深く、

「押しても引いても」

どうにもならなかった。

だが似た点がないではなかった。

父もまた二人で対戦したときは、同じような指導方法で耶之助の好きなように攻めさせたが、その攻めに対して父の反応は、何百年か経た欅（けやき）の大木のように、

「剛」

であった。一方、磐音のそれは風にそよぐ葦（あし）のように、

「柔」

であった。

柔であるがゆえに無限の可能性が秘められていると耶之助は感じた。そして、なにより磐音は本立耶之助の力量をすべて見極めて、応分の力で対していた。ゆえに自らが追い込まれたという自覚に欠けていた。

反撃の手が見出せないままに、磐音が間を空けつつ攻めくる手をなんとか避

け、外し、弾いた。だが、それも最初の十五、六手までで、ついに受け切れなくなった。

（よし）

最後に父に通じた一手の出し所を探った。

磐音の攻めには十分の間があった。だが、間のどこにも隙がない、弛緩がない。どこが滝壺の水底なのか分からない恐怖が本立耶之助の五体を襲った。もはや、身を捨てるしかない、と覚悟した瞬間、磐音が、

すうっ

と身を引き、

「これまで」

と本立に声をかけた。

「ご指導有難うございました」

と答え、一礼した本立耶之助の腰がすとんと落ちて、その場に崩れ落ちそうになった。よろめきつつも必死で倒れることを避け得た本立は、園村平八郎のかたわらまで戻ると、どさりと尻餅をついた。

「本立、大丈夫か。坂崎様に一つだって叩かれてもおらぬのに、顔面が真っ青だ

ぞ」

「叩こうとなされなかったのだ。それが恐ろしい」

本立が呟くところに、この日住み込み門弟らの昼稽古に参加していた速水右近が、

「お水をいかがにございますか」

と運んできた。

「ち、頂戴します」

右近の手から竹筒を奪うようにして水を飲んだ。

ふうっ

と大きな息を吐いた本立耶之助に、

「よう若先生の攻めを凌がれました。お見事にございます」

「そなた、それがしをからこうておられるか」

「からかうなど、速水右近は決してなしませぬ」

「速水とな。そなた、もしや奏者番速水左近様のご子息か」

「はい。ですが、尚武館では身分の上下は一切ございません。若先生の前では皆が同じ門弟にすぎませぬ」

首肯した本立耶之助が、

「坂崎磐音様はそれがしを児戯扱いにございました」

と言葉を改めた。

「本気を出していただいたほうが宜しかったですか」

「そなたは本気の稽古をつけてもろうたことがござるか」

本立の問いに右近が微笑み、

「私は初歩の稽古を終えたばかりです。若先生が時に本気を見せられるのは、松平辰平様と重富利次郎様、ほか数人だけにございます。お二人は若先生の旅に加わっておられ、朝から晩まで稽古三昧の日々を過ごされたのです。だから、お二人は」

「最後まで耐えられるか」

「いえ、最後には床に朽木のように倒れ込んで終わりです」

右近の言葉を聞いて、本立耶之助はしばし言葉を失った。

府内藩の家臣の家に生まれた耶之助は、嫡男の市太郎よりも激しい稽古をつけられた。豊後に伝わる府内柳生流がどこまで他流儀に通じるか知らなかったが、それなりに自信を得て、豊後関前藩の本立家本家の養子になった。

関前藩で時に同輩と竹刀を交える機会がないことはなかったが、本立耶之助が本気を、まして、

「真技」

を披露したことなどなかった。それが初めて、剣術の対戦の体をなさないかたちで、技を出すことさえ封じられたのだ。

本立耶之助は道場に磐音の姿を探した。だが、すでにいなかった。道場の内外に目をさ迷わせると、庭先で屋敷奉公の大きな体の中間と話をしていた。

本立は庭先に飛び出していった。

「任せておけ、わしが別れの場をきちんと采配してみせる」

と中間の形（なり）の大男が請け合った。

「武左衛門どの、一人で突っ走られてはならぬ。おこんや金兵衛どの、品川（しながわ）さんらと相談してもらいたい」

「明後日の八つ半（午後三時）の刻限でよいな」

「その翌日には父上ご一行は出立なされる。前夜はなるべく早く床に就いてもらいたいのです」

「万々承知じゃ、任せておけ」

と中間が胸を叩くところに本立耶之助が姿を見せ、座すと、

「坂崎先生、本立耶之助、直心影流尚武館坂崎道場への入門をお願い申します」

と額を地べたにつけるほど平伏した。

「どうなされた。そなたは父の供で国許に戻られるのではないのか」

「いかにもさようです。なれど国家老様を関前にお送りし、三月(みつき)後には江戸に戻って参ります」

「そうであったか、ならばその折りでよかろう」

「いえ、明日から稽古に参ります。なんとしても入門のお許しを」

「わが尚武館は代々、来るを拒まず去るを追わずの考えのもとに門弟を迎え、送り出して参った。ご希望ならば、明日から俊次様のお供で朝稽古に参られよ」

「はっ、はい」

と緊張に引(ひ)き攣(つ)った顔にようやく笑みを浮かべた本立耶之助に、

「おや、また剣術馬鹿が一人増えたか。このご仁も金にはなりそうにないのう」

なんとも無礼な言葉を吐くと、中間がさっさと母屋のほうへと姿を消した。

「本立どの、いつまでそう地べたに座しておられる。お立ちなされ、羽織が汚れよう」

と磐音が本立を立たせ、

「一つだけ、それがしの言葉を聞いてくれぬか」

「なんでございましょう」

「そなたの父御が授けられた柳生府内流、本物にござる。最前も申したが、父御にどれほど感謝しても、し足りることはござるまい。そのことをな、申し上げたかった」

首肯した本立が、

「それがし、剣の腕を見込まれ、国家老様のお供を命じられましたが、お役が務まりましょうか。ただ今のそれがしは自信がございません」

「わが父の警護、痛み入り申す。そなたの父御の教えを思い出され、御用にはただ誠心誠意務めなされ。それが大事なことです」

「坂崎磐音様、それでよろしいので」

磐音の頷きに、本立耶之助はどことなく釈然としないながらも言葉を収めた。

正睦と供二人を乗せてきた藩の川船はすでに戻してあった。ために、尚武館坂崎道場の猪牙舟が用意された。

霧子の船頭で、辰平、利次郎、それに豊後関前藩の園村平八郎、本立耶之助の四人を乗せた猪牙舟は、大川の流れに乗って両国橋へと下っていた。

「ご両者は坂崎様の旅に同道なされたそうな」

と園村が利次郎に訊いた。

「いかにもさよう」

と応える利次郎に、

「羨ましゅうござる」

と本立耶之助が呟いた。

「どうなされた」

辰平が尋ねた。

「われら、豊後関前藩士にとって、坂崎磐音様は伝説の士(もののふ)にござる。そのお方と年余の旅を重ね、武術の修行に明け暮れられた。ゆえに若先生と対等に稽古ができると聞かされた。それがし、ただ独り相撲をとり、恥をかいただけにござった」

「そなた、なんぞ思い違いをしておられぬか」

と利次郎が言った。

「思い違いとは」

「辰平もそれがしも、若先生の真の強さを遠目に見たことも触れたこともない。ただ道場の床に悶絶して意識を醒(さ)ます過程で、ああ、まだだめだ、まだ足りないと思うだけじゃ。それが、若先生と道中をご一緒し、稽古をつけてもろうたそれがしの正直な告白ですぞ。それでも羨ましゅうござるか」

利次郎の言葉に本立耶之助がはっとした。

「本立どの、利次郎の言葉は大仰でもなんでもござらぬ。剣術家坂崎磐音の真の強さを承知しているのは、若先生と戦い、敗れていった剣客たちだけです。そして、剣術家とはいつか新たなる剣者に斃(たお)されていくもの、それが宿命、と常に若先生は仰っておられます」

と辰平が言った。

「若先生は未だ剣の奥義を見極められておられないのですか」

「剣の果てはだれも到達できぬもの。いえ、それがしの考えではござらぬ、若先生が時に洩らされる言葉です」

「そして死の瞬間に、さ迷うてきた道程を振り返るのみ、それが剣者じゃそうな。死の前では、強いも弱いも勝ちも負けも意味を持たぬそうな」

利次郎が言い添えた。

「本立耶之助どの、この舟に乗る者の中で一番若先生の気持ちの近くにいるのがだれか承知か」

本立耶之助が辰平を、続いて利次郎を見た。

「われらではない、霧子です」

「おやおや、利次郎が珍しく正鵠(せいこく)を射た言葉を吐いた」

「そう、われらより霧子が若先生のお心に近い」

と利次郎が呟き、本立耶之助が霧子を見た。

だが、耶之助には娘船頭が何者かさえ判断がつかなかった。

第三章　旅立ちの朝

一

正睦と照埜の出立を明日に控えたこの日、昼過ぎより小梅村の尚武館坂崎道場には、次々と人が訪れて品物を届け、中にはそのまま残って母屋や道場の台所を手伝う人も出てきた。

豊後関前藩国家老坂崎正睦の江戸滞在は半年近くに及び、正睦にとっては忘れえぬ思い出となった。

外様大名六万石の国家老が妻女をつれて藩所蔵船明和三丸の船室に隠れ潜み江戸入りしたのだ。豊後関前から江戸の佃島沖まで海上三百里余り、順調な航海でさほどの風待ちにも遭わずに二十数日で乗り切ったとはいえ、その苦労のほどが察せられた。それもこれも関前藩を二分しての騒動を取り鎮めんと、藩主実高の極秘の命を受けての船行だった。

その甲斐あって江戸家老鑓兼参右衛門とその一派は粛清された。むろん正睦の嫡男磐音らの助けがあってのことだ。

ただ一つ、この藩騒動の陰に老中田沼意次、奏者番田沼意知父子の深慮遠謀があったということだけは、幕閣のごく一部の者を除いて知らされなかった。

鑓兼一派が敗北したとき、田沼一派は磐音の旧藩関前に自らが手を伸ばしていたことは公にされたくない、また磐音もそのことは知られたくないという思惑が互いにあってのことだ。

だが磐音の胸の中には、こたびの騒ぎに田沼一派が関わっていたということは深く、重く刻みつけられて残った。

ともあれ、正睦は所期の江戸入りの目的を果たし、江戸藩邸の立て直しまで見ることになった。ために照埜とともに小梅村の倅夫婦の家に滞在し、孫の空也と睦月にたっぷりと接する機会を得た。

だが、それも関前藩の差し迫った問題が正睦の帰国を促した。

その問題とは、江戸家老の不在が象徴するように、重臣の中に有為の人物が見当たらない事実だった。こたびの藩騒動でも重臣の限られたものしか働かず、藩物産事業が順調なことをよいことに、日々のんべんだらりと御用を務め、藩政の中でなにが起こっているか、見極めよう、行動しようという者たちがいなかった。その事実は豊後関前藩の先行きの不安を露呈した。

江戸家老は当分実高自身が兼務（かねつと）めることにした。同時に跡継ぎに就いたばかりの俊次の教育があった。その俊次については実高の考えもあって、藩務の合間を縫って小梅村に通い、剣術の修行を通して胆を練り、大局観、平常心、洞察力など藩主としての考えや決断を学ぶことになった。

若く明敏な俊次は乾いた布切れが注がれた水を吸い込むように、磐音の言動や稽古から、自らがなにをなすべきかを感じ取っている様子が窺えた。

　磐音には、あと二年か三年もすれば実高の跡を継ぐ藩主に成長すると思えた。

一方、俊次も小梅村通いを楽しみにしていた。豊後の片田舎で育ったがゆえに江戸のことは知らなかった。だが、尚武館には直参旗本の子弟や大名家の家臣で江戸生まれの江戸育ちがいて、稽古の合間に江戸のあれこれを屈託なく俊次に教えた。

「なにっ、利次郎など、俊次どのは遊里に足を踏み入れたことがござらぬか。よし、この重富利次郎が華の吉原を案内いたそう」

と安請け合いした。

「吉原とは美姫三千人を揃えるという悪所ですか」

「悪所な。人それぞれの見方で吉原は違うてみえる。極楽と思えば極楽、地獄と思えば地獄にござる」

「吉原は江戸のどこにあるのですか」

「なにっ、そなた、それも知らぬか。ほれ、われらがいる小梅村の川向こうに浅草寺の五重塔が見えようが。その右手奥にな、夜になると万灯の灯りが夜空を焦がす場所がある。そこが吉原にござるよ」

「えっ、川向こうに吉原があるのですか。利次郎どのはよう通われますか」

「まあ、近頃はとんと無沙汰で大門の潜り方も忘れた。されど俊次どのを案内するくらいの記憶はござる」

と答えた利次郎は、辰平らが必死で笑いを堪え、なにかを待っている気配に気付いて、背筋がぞくりとした。振り向きながら、

「き、霧子、男同士の話とはな、他愛のない冗談じゃぞ、勘違いするでないぞ」

と言い訳した。

「利次郎さんが吉原通とは存じませんでした、何事も道を究(きわ)めるのは悪いことではございません。ただし、俊次様に不確かなる話など仰らないでください」

と釘を刺し、その場を去っていった。

「利次郎どの、悪いことをお聞きしましたか。それにしても霧子さんは利次郎さんに強い女子にございますな。なぜでございましょう」

俊次が邪気のない表情で尋ねた。

「俊次どの、惚れた弱みにございますよ」

「おお、そうでしたか。利次郎どのは霧子さんがお好きでしたか」

得心したような顔で俊次に言われ、

「まあ、否とは言えません。それにしても困ったぞ、当分、霧子が口を利いてくれそうにない」

「ご案じなさることもない。霧子さんもまた利次郎どののことを気にかけておられる顔付きでした」

年下の俊次に慰められて利次郎が苦笑いしたものだ。

こんなふうに俊次の小梅村通いが始まったばかりのときに、正睦と照埜が江戸を去ることになったのだ。

この日、俊次は朝稽古に磯村海蔵、籐子慈助、それに新しく仲間入りした本立耶之助らを従えて藩所蔵の川船で姿を見せた。そして、尚武館坂崎道場名物の庭先での槍折れの稽古からなんとか他の門弟衆の動きについていこうとしたが、途中で腰をよろめかせて倒れ、小田平助に、

「若様、いや、ここじゃ若様が佃煮にするほどおられるもんね。俊次どの、無理しちゃいかんたい。毎日くさ、稽古してだんだんと足腰ば鍛え、体に慣れさせていかんね。見物もまた稽古の一つたい」

と言われて道場の縁側に下がらされた。

だが、脱落者は俊次だけではない。驚いたことに、見よう見まねで槍折れの稽古に加わっていた本立耶之助が俊次に続いて腰砕けに倒れて、下がらされた。

「おお、耶之助もこの稽古にはついていけぬか」

仲間が増えたことを屈託のない表情の俊次が迎えると、息が上がり、真っ赤な顔をした本立が、

「俊次様、お恥ずかしいかぎりにございます」

と恥じ入ったものだ。

四半刻の槍折れの稽古に従ったものは、松平辰平ら尚武館佐々木道場時代から

の門弟ばかりで、俊次が目を見張ったのは速水杢之助、右近、そして設楽小太郎ら若年組が難なくこなした事実だった。

この光景をただ茫然と見つめている若者がいた。

この朝から父親に連れられて尚武館坂崎道場通いを始めた竹村修太郎だ。槍折れの稽古が終わり、道場稽古が始まったというのに茫然として庭先に立っていた。

その修太郎に声をかけたのは、この朝から弟が道場通いを始めたと父親の武左衛門に知らされた早苗だ。

「修太郎、何事も初めの一歩を踏み出すことが大切なのです。おまえの驚きと不安は必ずや数年後には楽しい思い出になります。怠けることなく道場に通いなさい。姉も応援します」

と励ました。

「姉上、修太郎にできようか」

「できます」

早苗の返答は明快だった。

「ここに通っておられる方々の大半は、直参旗本、大名家のご家臣と、その子弟です。中には奏者番速水左近様のご子息や、旗本設楽家の若い当主もおられます。この方々はいつの日かお家を継ぐという考えのもとにお育ちになった方々です。南割下水界隈の裏長屋で育った私たちのような身分の者はだれ一人としておられません。ゆえに修太郎は、かような厳しい修行を続けている道場があり、門弟衆がおられることを知らずしてその齢まで過ごしてきたのです。おまえは皆様方よりも大きな差をつけられて剣術修行を始めるのです、なんとしても稽古に追いつくためには、皆様方以上の稽古をなさねばなりません。尚武館ではすべての方々がおまえの師です。姉の申すことが分かりますね」

「姉上、自信がない」

「最初から泣き言を言ってはなりません。修太郎、おまえが今朝、父上に伴われて尚武館に来たことが、姉はどれほど嬉しかったか。おまえの束脩は必ず姉が支払います、ともに頑張りましょう。さあ、道場に行くのです」

早苗に励まされて修太郎はしぶしぶ道場に入っていった。

「早苗、続くかのう」

振り向くと心配げな武左衛門が立っていた。

「父上、ここが頑張りどきです。修太郎には歯を食いしばってでも乗り越えてほしゅうございます」

「わしの二の舞は勢津も嫌じゃろうからのう」

「父上はよう頑張ってこられました。母上もそのことは承知なのですが、つい口にされるのは、肚(はら)にあることとは反対の言葉です」

武左衛門が早苗をまじまじと見た。

「親はなくとも子は育つと申すが、ふしだらな親父のもとでよう育ったな、早苗」

「父上に不行跡がなかったといえば嘘になりましょう。されど、この江戸で四人の子を育てるために人足に混じって力仕事までなさってきたのです。父上は私たちのために、できることをすべてなさってこられました」

「早苗、泣かせるでない。わしの周りを見てみよ。この尚武館の若先生はわしと同じ浪々の身から西の丸徳川家基様の剣術指南に出世した。だがな、そのことが坂崎磐音の偉さの証ではないぞ。権勢を誇る老中田沼意次とその一派に抗して節を曲げぬ意志もさることながら、わしのような昔の仲間を見捨てんで、かように遇してくれる、そのことが坂崎磐音の偉さよ。それに品川柳次郎を見よ、屋敷と御家人の身分を捨てた父の跡を継いで、慎ましやかな御家人の暮らしを守っておる。早苗、それにくらべてこのわしは」

「父上、坂崎磐音様は坂崎磐音様にございます、また品川様は品川様にございます。父上は父上の生き方を全うしてください。早苗はそれで十分にございます」

うんうん、と答えた武左衛門の瞼(まぶた)が潤んだ。

「父上、母屋に戻ります」

草履の音を立てて早苗が武左衛門の前から消えた。武左衛門は腰に下げた手拭いを摑むと両眼をごしごしとこすり、尚武館の門前の掃除を続けようと門に向かった。すると白山の小屋のかたわらに弥助と季助がいた。

「武左衛門さん、早苗さんはいつの間にか立派な娘さんになられましたな」

「弥助さん、早苗があのような了見(りょうけん)をしておるなど、これまで考えもしなかった。わしはだめな親父じゃな」

「だめな親父からあのような娘が育つものですか」

「であろうか」

武左衛門が少しばかり安心したように応じた。

「武左衛門さんよ、早苗さんはいい。じゃがな、倅は尚武館の稽古についていけるかな。わしは神保小路時代から何百何千の門弟が入門し、途中で稽古をやめるのを見てきた」

「その季助さんから見て、うちの修太郎は途中で尻を割る組か」

まあな、と季助が言った。

「娘がよければ倅はだめか」

「武左衛門さん、季助さんのご託宣が当たるかどうか、わっしらで割りそうになる尻を後押ししながら気長に見守りましょうか」

と弥助が言い、こくり、と頭を下げた武左衛門が掃き掃除に戻った。

この日、尚武館は朝稽古で仕舞いになり、尚武館と庭と母屋を使って、別れの宴が繰り広げられた。

辰平、利次郎、霧子、金兵衛らが手分けして本日の趣旨を知らせに走ったこともあって、豊後関前藩から物産方の面々、速水左近父子、南町奉行所の筆頭与力笹塚孫一、定廻り同心木下一郎太と菊乃夫婦、御典医桂川甫周国瑞と桜子夫婦、若狭小浜藩の藩医中川淳庵、今津屋吉右衛門とお佐紀、老分番頭の由蔵、若狭屋利左衛門と番頭の義三郎、天神鬚の百助と倅の信助父子、縫箔師の江三郎親方とおそめ、三味芳六代目の鶴吉、絵師の北尾重政らと多士済済の客が姿を見せた。

その中には正睦や照埜を知らぬ人々までがいて、これに神保小路時代からの高弟や小梅村の尚武館坂崎道場の門弟衆が加わったのだから、百人を優に超える人々で賑やかな別れの会になった。

そして、宮戸川の鉄五郎親方が幸吉ら職人衆を、地蔵蕎麦の竹蔵親分がこちらも手先や職人を連れて手伝いに来たので、酒も食べ物も有り余る宴になった。

大勢の客を前に正睦と照埜は挨拶に忙しく、笑みの顔を下げどおしだった。

おこんは、庭先で幸吉とおそめが話し合う姿を微笑ましく見ていた。そして、自分にもあのような初々しい日々があったのかと思った。

おそめは藪入りを終えたあと、京に縫箔修業に上がるのだ。

若い二人を何年かの時と百数十里の距離が分かつことになる。だが、この二人ならきっと数年後に喜びの再会を果たすだろうとおこんは思った。

磐音は天神鬚の百助と顔を合わせたとき、

「よう見えられました。こちらから挨拶に伺わねばならぬところ、無沙汰ばかりで申し訳ございませぬ」

と詫びた。

「若先生は他人様のことで走り回っている上に、今を盛りの老中、奏者番父子と大戦の真っ最中だ。挨拶なんぞ些末なことはどうでもよい。いささかそなたと話しとうてかように倅と押しかけた」

「ほう、なんでございましょう」

「神保小路の尚武館佐々木道場の敷地から出た刀と短刀の話よ」

「お蔭さまで国永は尚武館の家宝となりました。ただ、そのことを聞き付けた神保小路の新たな住人が、拝領地内から出たものはわれらのものと、返却を強く迫ってきましてな、こちらとしては、佐々木家の先祖が埋めたものやもしれぬと、突っぱねたところです」

「若先生、それで通しなされ。短刀はな、山城国刀鍛冶五条国永以上の逸品と思える。楽しみにしていなされ。ただし、わしが考えた以上に傷んでおるでな、慎重に手当てをして研ぎをかけるで、日にちを貸してくれぬか」

「鵜飼様に願うた以上、得心のいくまで願いとう存じます。われら、何年なりともお待ちします」

「そうはかからぬ、吉報を待たれよ」

鵜飼百助が磬音に約束したものだ。

鵜飼との話が終わるのを待っていたように、鶴吉と北尾重政の二人がおこんと連れ立って磬音のもとにやってきた。

「今小町と謳われたおこんさんが二人の子持ちとはな。私はその間、なにをしていたかと悔い入るばかりよ」

と重政が磬音に笑いかけた。

「今を時めく浮世絵師どのの口先に惑わされてはならぬぞ、おこん」

「はいはい。もはや子持ちのおこんに、北尾様は食指を動かされますまい。最前会うたとき、北尾様の視線が夢の名残りでも見るように戸惑うておられました」

おこんの答えに北尾が大笑いし、

「おこんさん、今のそなたには女の盛りがほの見えてな、絵師北尾重政の気持ちを大いに動かす。じゃが、西の丸家基様の元剣術指南どのが許されるはずもなし」

と言ったものだ。

「北尾様よ、酒に酔わないうちに言付けを伝えたほうがいいんじゃないかえ」

鶴吉が北尾に促した。

「おお、そうだ、蔦屋を訪ねたとき、偶さか店に来ていた吉原会所の四郎兵衛様から、坂崎磐音様に一度吉原にご足労くださいと言われたんでな。急ぎはしないと言われたのが数日前だ」

「ほう、会所の四郎兵衛どのの言付けですか」

磐音に一人の女の面影が浮かんだ。

磐音の許婚にして、後年は吉原の白鶴太夫として一世を風靡し、ただ今は出羽国山形の紅花問屋前田屋内蔵助の内儀となった奈緒のことだ。

「まさか奈緒様の身になんぞ異変があったのではないでしょうね」

とおこんがそのことを案じた。

「おこん、一つひとつ目先の用事を済ませていこうか。まずは父上と母上を無事に送り出すことじゃ」

磐音の言葉におこんが頷いたとき、睦月を抱いた照埜がだれに乞われたか、喉を披露し始めた。

「はあっ、おばばどこへいく、

三十五反の新造船に乗ってよ、

華のお江戸に孫抱きによー

ヤアソレコラサ」

と自ら合いの手を入れながら、艶のある声で歌い継いだ。

「華のお江戸のご一統様よ、
ばばは別れじゃ、東海道五十三次を辿ってよ、
孫の面影土産を胸に陸路二百数十里の、
豊後関前に戻る時がきたぞえ
ヤアソレコラサ」

別れの宴はゆるゆると続き、その模様を今を盛りの木槿の花が見ていた。

二

別れの朝がやってきた。

小梅村の尚武館坂崎道場の船着場に柳橋の船宿川清の小吉(こきち)船頭の高瀬船(たかせぶね)が迎えに来て、旅仕度の正睦、照埜が乗り込み、日本橋の船着場に向かう。そこからは陸路、六郷の渡しまで坂崎家を代表しておこんと空也、そして金兵衛が見送ることになった。

「ご一統、あれこれと世話をかけたな。今思い起こせばなんとも楽しい半年であった。礼を申す」

　正睦が磬音や住み込み門弟の辰平や小田平助に別れの言葉を口にし、かたわらから空也の手を引いた照埜が深々と腰を折った。

「皆様、いつの日かまたお会いしとうございます。西国においでの節はぜひ豊後関前を訪ねてくださりませ。婆が待っております」

　と照埜も挨拶して、

「父上、母上、道中息災であられますよう神仏に祈願しております。小吉どの、日本橋に関前藩の従者方が待っておられる、宜しゅう頼みます」

　との磬音の言葉を合図に船が船着場を離れた。

「お元気で」

「またお会いしましょう」

　船と船着場の間で言葉が交わされ、船が隅田川に出ると朝靄の中に溶け込むように姿を没した。

　船着場ではだれもが寂しさを胸に感じて無言を通し、ために虚脱の空気が漂った。

「わしゃ、別れは好かん」

　小田平助がぽつんと呟き、それに呼応するように白山が、

うぉんぉん

と隅田川に向かって尾を引くような吠え声を上げた。磐音が、

「父と母の小梅村逗留に際してご一統が示してくだされた数々の厚意に感謝いたします。それがし、夢のような日々でござった」

と腰を折り、

「さて稽古を始めようか。それがし、母屋にやり残したことがあるゆえ、今朝は依田どのと小田どのに稽古方を願おう」

と頼むと磐音がまず船着場から土手に上がった。

すると朝靄の向こうから艶のある照埜の歌声が風に乗って微かに伝わってきた。

磐音の足が土手上で止まった。だが、それは一瞬で、照埜の歌声を背で聞きながら、静かに尚武館の門を潜って母屋に向かった。

いつもの小梅村の朝が戻ってきたのだ。

小吉が櫓を漕ぐ船では、膝に空也を載せた照埜が歌い終え、しばらく感情を鎮めるように黙り込んだ。

「婆上様、空也と別れるのは寂しいですか」

空也を両腕に抱きしめた照埜が、

「なんの寂しいことがありましょうか。この次は必ずや空也が爺と婆に会いに関前に来てくれましょうからな」

「はい、空也が大きくなったら、父上、母上、睦月と一緒に関前を訪ねます。そうでございますよね、母上」

「関前には父上の大事な友が眠っておられます。その十三回忌が来年巡ってきます」

「仏壇のおいはいの方ですね」

「知っていましたか」

「はい、河出慎之輔様と舞様、そして小林琴平様です」

「空也、よう覚えてくれましたね」

「婆上様が教えてくれました」

頷いたおこんは、十余年前の関前藩の政変で多くの血が流れ、磐音が許婚の奈緒と別れることになった悲劇を思い出していた。

「またこたびも犠牲者が出た」

正睦がぽつんと呟いた。

「来年にも一家で関前を訪ねることができるとよいのですが、睦月がまだ幼うございます。もう少しあとになりましょうか」

おこんも呟き返した。

睦月が長旅をできるようになるには、あと数年待たねばならなかった。

男子の空也とて紀伊領姥捨の郷から京、名古屋を経て江戸に辿り着くには、磐音、おこん、それに辰平や利次郎の力を借りて、時に背に負ぶわれての難儀な旅であった。

江戸から豊後関前への旅となれば、二百数十里と倍に近い道程が待ち受けていた。それは、江戸期、参勤交代か商いの旅に関わるごくごく一部の人がなすほどの大道中であった。

こたびの正睦と照埜の江戸入りも、藩の存亡を左右するほどの危難ゆえに決死の覚悟でなされた船旅であったのだ。

正睦と照埜の齢を考えれば、最後の別れになるやもしれなかった。互いにそのことを分かっていたが口にはしなかった。

「おこん、おれもさ、西国関前に行ってみたくなったよ。婿どのがどんなところで大きくなったか、豊後国関前を見てみたいよ。きっと美しいところだろうな」

「金兵衛どの、私らの旅に同道なさいませぬか」

照埜が金兵衛に誘いかけた。すると金兵衛が顔を横に振り、

「わっしが婿どのの齢ならばそのようなことができたかもしれませんや。だがね、照埜様、金兵衛にはもう無理だ。夢をさ、口にしただけですよ。照埜様のお気持ちだけを有難く頂戴しますよ」

「金兵衛どの、お気持ちはよう分かります。私どもは、この世の旅よりもあの世への旅の仕度をする齢に差しかかっておりますでな」

「はい、いかにもさようです。これぱっかりは順番だ。わっしにはあちらでおのぶが待っておりましょう」

金兵衛の言葉に照埜が頷いた。

「照埜様、わしはさ、坂崎磐音って浪人さんがうちの長屋に初めて姿を見せた日のことを、昨日のことのように覚えていますよ。それから何日経った頃かね、浪人さんが町内の大工の棟梁の家を訪ねてさ、木っ端を貰ってきたとかで、丁寧に三つ切りそろえた。なにを作っているんですね、と付け木売りのおくま婆さんが訊ねたがさ、浪人さんはにこにこと笑ってばかりでなにも答えねえや。あれが十余年前の藩騒動で亡くなった三人の朋輩の位牌と分かったのは、何日もあとのことだ。

くなられた朋輩方を弔う位牌だったんだよね」

金兵衛の述懐を聞いた正睦が、

「人というもの、愚かなことを何度繰り返せばよいのか。わが関前藩はわずか十余年前多くの命を失い、血を流したことを忘れて、同じような愚行を繰り返してしもうた」

「正睦様、三度目があっちゃならないな」

「ならぬ、金兵衛どの、それは決してならぬ」

正睦が自らに言い聞かせるように言葉を吐き出すと、朝の光が朝靄を蹴散らすように強さを増して、隅田川の流れと江戸の町々を浮かび上がらせた。

「見納めです」

照埜が懐かしげに水上から隅田川の両岸を見回した。

「照埜、われら、春浅き季節に江戸に入り、こうして秋に江戸に別れを告げる。何度も繰り返すが楽しいことしか思い出さぬ」

「夢のような江戸の日々でした」

なぜか照埜は木槿垣の点々と並んだ白い花を思い出していた。

小吉船頭の高瀬船が日本橋川の日本橋の船着場に到着したのは六つ半（午前七

時）過ぎの刻限だった。そこに豊後関前藩の乗り物が三挺あって、旅仕度の園村平八郎と本立耶之助と小者二人が待ち受けていた。そして、なんと福坂俊次の姿があった。

「俊次様自らお見送りとは恐縮至極にございます」

正睦がいささか驚きの表情を見せた。

「正睦、そなたとこの次にいつ再会できるか、分からぬでな」

俊次が跡継ぎになった以上、江戸藩邸に止めおかれるのが大名家の仕来りだ。大名家の当主に参勤交代はあっても正室や世継ぎは江戸藩邸にあって、徳川幕府への忠誠恭順をかたちにして表すのだ。家族が江戸にある以上、どのような雄藩でも幕府に弓を引けないという決め事だった。

「俊次様、二年のご辛抱でございましょう。殿はご隠居をお考えでございますでな」

正睦は俊次だけに聞こえる声で告げた。

「二年の猶予でそれがしは藩主というに足る人物になれるであろうか」

「江戸には多くの家臣もおります。それがしと入れかわりで中居半蔵も江戸に戻って参りますでな、俊次様は決してお一人ではございません」

「そうじゃ、それがしには坂崎磐音という師がおられる」

「これは正睦の内緒にございますがな、藩邸で辛いことや不明なことがあれば、小梅村に打ち明けなされ。ほれ、あそこにいるおこんが俊次様を弟のようにいつでも迎えますでな」

「磐音先生とおこんどのは、それがしにとってなんとも心強い味方じゃ」

「俊次様、ご壮健にお過ごしくださりませ」

「正睦、照埜、道中恙無きことを俊次は毎朝神仏に祈っておるぞ」

乗り物が呼ばれ、正睦と照埜が二挺の乗り物に乗った。

「おこんどの、それがしはこれから小梅村に稽古に参る。それがしの乗り物に乗って六郷までの見送りを願う」

俊次に言われたおこんは、

「それは困ります。この乗り物は俊次様のものにございましょう」

「乗り物で小梅村に稽古に行かれる門弟などおりません。空で藩邸に戻すより、おこんどのと空也どのが乗って見送りを願います」

と再三言われ、おこんと空也は乗り物に乗ることになった。

「正睦、さらばじゃ」

「俊次様、ご息災に」

と言い合い、日本橋の南詰で別れることになった。

乗り物三挺に園村ら従者四人と金兵衛が従い、通一丁目を京橋へと向かう。

「お父っつぁん、ご免ね、一人だけ歩かせて」

「おこん、馬鹿言うねえ。まかり間違ってもこの金兵衛が御忍駕籠なんぞに乗れるものか。役人に見つかったら手討ちにされかねないぜ」

「だったら私はどうなの、金兵衛の娘よ」

「だけど、おめえは奏者番速水左近様の養女にして紀伊藩剣術指南役に就いた坂崎磐音の嫁だ。その子の空也も立派に武家の跡継ぎだ、乗り物に乗るくらいなんでもあるめえ」

「そうかしら、落ち着かないわ。空也のほうが堂々としているわ」

乗り物の内外で交わされる話を園村がにやにや笑いながら聞いていた。

坂崎正睦一行が六郷の渡し場に着いたのは、四つ半（午前十一時）前のことだった。渡し場のある八幡塚の茶店で早めの昼餉をなして別れを惜しみ、ここから渡し船に乗って川崎宿に上がると、正睦、照埜一行の徒歩道中が本式に始まるのだ。

「おこんさん、世話になりました。空也、達者で過ごすのですよ」

とここでも一頻り別離の刻が繰り返され、ついに正睦ら六人が乗合船の人になった。

おこんと空也と金兵衛は渡し船が川崎側に着いても、八幡塚の渡し場に佇んで、正睦らの姿が土手上から川崎宿へと消えても見送っていた。

「母上、関前の爺上様と婆上様はもはや見えません」

「見えなくなったな」

と金兵衛が答え、

「無性に寂しいわ」

とおこんも応じながら磐音のことを思い浮かべていた。

川崎宿から神奈川へ二里半、さらに神奈川より程ヶ谷へ一里九丁、日本橋を明け六つ（午前六時）に出立した旅の初日としてはなかなかの行程である。園村が神奈川宿にて宿を探しましょうか、と正睦にお伺いを立てたが、

「いや、程ヶ谷宿まで予定どおりに参ろう」

と答え、

「照埜、旅の初日からいささか強行軍じゃが、駕籠を雇うか」

と訊ねた。

「いえ、おまえ様。川崎宿まで乗り物と船にて運ばれてきました。歩くのは格別どうということはございません」

照埜が竹杖(たけづえ)を突き、一行に先んじてさっさと程ヶ谷へと歩き出した。

「ということじゃ。そなたらも程ヶ谷宿まで辛抱いたせ」

正睦に言われ、園村平八郎が、

「それがし、一足先に走り、宿を決めておきましょうか」

「園村、案じるな。宿は取ってある」

「えっ、宿はお決めでしたか。脇本陣でございますか」

「いや、旅籠(はたご)じゃ、行けば分かる」

と正睦が言い、先を行く照埜を追うように歩きはじめた。

一行が程ヶ谷宿に入ったのは七つ（午後四時）の刻限を過ぎ、七つ半（午後五時）に近かった。

「ご家老、旅籠の名はなんでございますな」

「知らぬ」

「えっ、最前、宿は取ってあると仰いましたが」

「言うた。平八郎、塗笠が下がっておる宿を探せ」

「はっ、どなたか先行しておられますか」

「まあ、そんなところじゃ」

園村平八郎と本立耶之助が訝(いぶか)しげに顔を見合わせた。だが、相手は国家老だ、それ以上のことは訊けなかった。

〈程谷――むかしは程谷、新町、帷子(かたびら)とて三宿なりしを、慶長(けいちょう)二年（一五九七）一駅となる〉

と『東海道図会』に記されたように、江戸からおよそ八里九丁、日本橋を七つ立ちした旅人の一夜目の宿場として利用され、賑わいを見せていた。ために本陣一に脇本陣三、旅籠六十七軒ほどの大きな宿場である。この程ヶ谷本陣の手前に金沢街道、鎌倉道の分岐があったことも繁盛の理由の一つだった。

「ああ、あれではございませんか」

と小者の一人の左吉(さきち)が、二階建ての旅籠の軒下にぶら下がった塗笠を見付けて叫んだ。

「おお、そのようじゃな」

と正睦が照埜に、

「着いたぞ」

と言うと宿の男衆に、

「坂崎正睦じゃが」

「お待ち申しておりました。二階の角部屋を三部屋取ってございます」

と答えた。

宿に到着した客への仕来りどおり、濯ぎ水が運ばれて旅の一日目の塵を払って足を濯ぎ、一行は二階へと案内された。

「お内儀様、こちらへ」

と男衆に案内された照埜が部屋に入って、

「おや、まあ」

と驚きの声を上げた。

廊下に立ち止まった正睦が園村と本立を振り返り、

「そのほうらにも事情を話しておこう。まずこちらの座敷に通れ」

と命じた。

従者の二人が理解のつかないままに正睦に続いて廊下から控え部屋に入ると、

照埜の嬉しそうな横顔が見えた。だが、話し相手は襖の陰で見えなかった。

「ご家老、どなた様にございますか」

と園村が小声で訊いた。

「会えば分かる」

正睦に続いて八畳の座敷に入ると、なんと坂崎磐音が母親の照埜と談笑していた。

「坂崎先生」

尚武館に入門を許されたばかりの本立耶之助が、驚きとも喜びともつかぬ声を洩らした。

「ご両者、お座りなされ」

磐音が命じ、その間に正睦がどっかと座布団の上に腰を落ち着けた。

「そなたらに事情を明かす。じゃがこのこと、そのほうらが墓場まで持っていく秘事と覚悟してもらわねばならぬ。どうじゃな、平八郎、耶之助」

正睦が二人の従者の名を呼んだことで、二人の奉公ぶりを十分に承知であることを磐音は悟った。

「武士の面目にかけて信頼してもろうてようございます、ご家老」

「園村平八郎、武士にございます」

と二人が口々に言った。

「明日より二日から三日、立ち寄るところがある。小者の左吉ら二人はこの宿に残す。そのほうらは我ら三人に同道せえ。この数日の立ち寄り先、見聞したことのすべては秘事じゃ。よいな」

「畏まりました」

即座に本立が言い切った。

「訊かぬのか、行き先を」

「明日になれば分かることにございます」

よし、と正睦が言い、

「ならばそのほうら、部屋に下がって休め。左吉と喜十(きじゅう)に、この旅籠でわれらの戻りを二日三日待てと命じておけ」

「相分かりました」

と園村が下がりながら、

「ご家老、小者二人に控え部屋付きの座敷をとることもありますまい」

と物産所勘定方らしい細やかなところを披露した。

「これよりの旅の勘定はそなたに任す。ゆえに小者たちの部屋を替える交渉を帳場でなせ」

はっ、と畏まった園村が、

「照埜様もご存じなかったことにございますか」

「園村どの、うちの昼行灯どのと倅の居眠りどのの心を読めと言われても無理でございますよ。お互い成り行きに任せましょうか」

照埜に言われた二人の顔にどことなく安堵の表情が浮かんだ。

「霧子はどうした」

正睦に訊かれた磐音が、

「金魚の糞を確かめております」

と笑った。

この数日、小梅村に姿を見せなかったが、何者かが磐音の行動を見張っていた。そこで磐音は正睦一行の帰郷を餌に、江戸から釣り出したのだ。

「鑓兼一派を刈り残したかのう」

「あるいは別の一派やもしれませぬ。餅は餅屋でございます、霧子と弥助どのに任せておきましょうか」

と磐音が応じたとき、

「お客様、湯殿にご案内いたします」

と女衆の声がかかった。

三

翌朝七つ半（午前五時）、豊後関前藩国家老坂崎正睦、照埜夫婦に供の園村平八郎、そして本立耶之助の四人は、磐音に見送られて程ヶ谷宿の金沢屋八郎兵衛方を出立し、東海道を外れて、石標に、

「かなさわ、かまくら道」

と刻まれた金沢街道へと入っていった。

別れに際して磐音が、

「父上、母上、こたびの道中、最後の行楽にございます。金沢八景、鎌倉を存分に楽しんできてください」

と送り出した。

「折角の機会じゃ、そなたも参らぬか」

「江戸より大事な連絡が入るのをここで待ちます。それ次第で、父上ご一行の後

を追いかけます。早くて明日になりましょうな」

と答えた磬音が二人の従者に、

「案内役、よしなに頼む」

と願った。

「われらが一日先行した折りには、鎌倉の鶴岡八幡宮の社務所にわれらの居場所を記して預けておく」

その会話を道中かぶりの男が聞いていた。やがて男は旅籠と旅籠の間の路地へ向かい、そこに身を潜めていた者たちに耳打ちした。

正睦と照埜は磬音と別れるのがつらそうに、それでも勇躍、金沢街道の次なる目標、梅の名所の杉田村へと向かって姿を消した。

一行は最初の坂道、石難坂に差しかかった。

この正睦一行のあとを、大山詣での講中と思しき形をした男が一人、金剛杖を手に一丁ほど離れて尾行していった。その男は金沢街道の要所要所の石標や野地蔵に布きれを結びつけて、道中かぶりの男が耳打ちした仲間と連絡を取り合う様子があった。

さらに大山詣での男の後を二人の男女がさも鎌倉見物に行く形で尾行していっ

た。だが、大山詣での男は正睦一行を見張ることに気をとられ、後ろから来る男女の存在に気付いていなかった。この男女は時に男が姿をふわりと消し、また戻ってきて、こんどは女がいずこかへと去っていった。

むろん弥助と霧子の師弟だ。

さらに五丁ほど離れて、四人の武芸者が、大山詣での男の連絡の布きれを確かめつつ悠然と行く。この四人ともがっちりとした体付きで、顎の張った顔もよく似ていた。

過日、小梅村の尚武館坂崎道場に姿を見せた朝倉兄弟であった。

「兄者、坂崎の親を見張ってどうしようというのだ」

次男の朝倉弐吉が尋ねた。

「弐吉よ、将を射んとすれば先ず馬を射よと言うではないか。なぜ江戸で別れたはずの坂崎磐音が父親一行に先行して程ヶ谷宿で待っていたかは知らぬ。そこには格別な理由がなくてはなるまい。剣術家坂崎磐音の弱みは明らかに血縁、家族と見た。われらが父親一行と磐音の動きをそれぞれ見張ったのは正解よ。程ヶ谷で再会した謂れがわれらに運をもたらしてくれる」

「そうかな。坂崎磐音は程ヶ谷宿に残ったのじゃぞ。あやつ一人に狙いを定めればわれらの目的は達せよう。年老いた親を付け回すのは迂遠の策と思えるがな」

次男の考えに三男の参之助が賛意を示した。

「われらが江戸で浮かび上がるまたとない好機じゃぞ。もはやしくじりは許されぬ。小梅村ではいささか相手を甘く見過ぎた」

「愛らしい顔をした娘を甘く見た。朝倉兄弟がいかに豊前神刀流の遣い手とはいえ、若い娘に油断する悪い癖が抜けぬ。だが、あの娘には何倍にもして借りを返す、坂崎磐音を斃したあとでな、江戸に戻り、あの娘をひっ捕らえて裸にし、存分にいたぶってやるわ」

参之助が嘯いたが、自分たちのわずか前を進む男女の一人が「あの娘」とは全く気付いていない。それは小梅村にいた着物姿の霧子ではなく、菅笠に竹杖、旅姿の上に歩き方まで変えているためだ。

「なによりまず、坂崎磐音を誘き出すために関前藩の国家老を捕らえる。女房と従者二人は叩っ斬って相模灘にでも放り込めばよかろう。われらの恐ろしさを見せてつかわす。手順を間違えるでないぞ」

「分かっておる。だが、肝心の坂崎磐音が程ヶ谷に残っていてはな」

と弐吉が応じた。

「弟らよ、兄を信じよ。必ずや坂崎磐音は親を追って参る。勝負はその折りじゃ」

と話し合いながら進む朝倉兄弟のあとを、塗笠で顔を隠した坂崎磐音がゆっくりと歩を進めていた。さらにこの磐音の後を程ヶ谷宿の旅籠の前で坂崎親子の会話を聞いていた道中かぶりの男が半丁ほど離れてつけていく。

金沢文庫から鎌倉に向かう街道に六組の男女が前方を注意し、後ろを気にして一定の歩みで進んでいた。

梅の名所の杉田村に差しかかったのが五つ（午前八時）の時分、辺りにはいつしか六組の他に人影が消えていた。

最後尾を行く道中かぶりの男が、

ふわり

と前方の林から旅姿の娘が現れたのを見た。林の中で用でも足していたか、男が娘の背中を注視していると、

くるり

と菅笠の顔が振り向いて、

「よい日和（ひより）で」

と挨拶した。

「な、なんだ、おめえは」

男が驚きの表情を見せたときには、霧子が男との間合いを詰め、立ち竦んだ男の鳩尾を竹枝が突き上げていた。

雑賀衆女忍びの一瞬の早業だ。

崩れ落ちる男の体を難なく抱き止めた霧子が林の中に引きずり込み、男が被っていた道中かぶりの手拭いで猿轡(さるぐつわ)を嚙ませると、懐に用意していた濡れた麻縄(あさなわ)で手足を縛り上げた。その手際のよいこと、あっという間に雑賀衆の忍び縛りの芋虫が出来上がった。霧子が男の懐を探ると手漉(てす)きの紙片に、

「坂崎磐音は朝倉様方の後方にあり　狐」

との文が出てきた。

どこかで朝倉四兄弟に手渡す考えで懐に入れていたのだろう。霧子は手漉きの紙片と矢立を奪い、文といっしょに懐にした。

「運がよければ、今日中にも里人に見つけてもらえましょう」

霧子が言い残すと林伝いに金沢街道を進み、のんびりと街道を行く磐音の前に、

ひょい

と出てきた。

「若先生、すでにお気づきと思いますが、江戸から正睦様方を尾行してきたのは、いつぞや小梅村に姿を見せた豊前神刀流の朝倉四兄弟にございます」

「霧子に手玉に取られても未だ懲りぬとみゆるな」

霧子は、正睦一行が半里ほど先にいて、大山詣での男が尾行し、ほぼ等間隔に弥助、朝倉四兄弟、磬音の順で進んでいることを告げた。

「起倒流鈴木清兵衛様に唆されて、若先生を付け狙うているのでございましょうが、世の中を知らぬにもほどがあります」

「いかにもさよう」

「どうしたものでございましょう」

「朝倉兄弟には大山詣で姿の仲間が一人だけか」

「いえ、若先生のあとを道中かぶりの男がもう一人」

「すでに霧子が始末を付けたようじゃな」

「はい」

「霧子、父上らは金沢八景を見物し、六浦から朝比奈切通しを経て、浄妙寺前から鶴岡八幡宮に出られる。朝倉兄弟を鎌倉には入れたくないのだ。夕暮れ前、朝比奈切通しに差しかかるとすれば、朝倉四兄弟が父上方を切通しで襲うよう仕向けることはできぬか」

「秋の日は釣瓶落とし、朝比奈切通しは絶好の襲撃の場にございましょう。それにしても朝倉四兄弟が鎌倉のことをどこまで承知でしょうか」

霧子の言葉に磐音が沈思していると、

「昼餉時分に朝倉兄弟に道中かぶりの男から連絡をつけさせましょうか」

と霧子が狐と記した男が所持していた文を見せた。

「ほう、男の手跡を真似られるか」

「師匠の弥助様にお願いいたします」

「よし、勝負は朝比奈切通しとせよ」

磐音の脳裏に鎌倉の記憶が甦った。

今津屋の由蔵とともに吉右衛門の亡き女房お艶の法要を建長寺にて執り行ったことをだ。その折りはもう一つ、大きな目的を由蔵と磐音は秘めていた。

小田原の脇本陣小清水屋右七の長女お香奈を吉右衛門の後添いにと考えての鎌倉行だった。

だが、お香奈には大塚左門という想い人がいて、この企ては破れたかにみえた。だが、お香奈の不始末を詫びる妹お佐紀の対応に、磐音はお佐紀こそ後添いに相応しいと提案し、吉右衛門との見合いの約束を取り付けた。今では吉右衛門とお佐紀の間に二人の男子があって、仲睦まじい夫婦であった。

そんな思い出が磐音の脳裏を過った。

気がつくと、いつの間にか霧子の姿は消えていた。

正睦一行は金沢文庫から金沢八景の景勝を愛でつつ、昼餉をゆっくりと済ませ、六浦から鎌倉に向かったのは八つ半（午後三時）を過ぎていた。

金沢八景でひと休みしたとき、霧子が密やかに正睦に連絡を入れていた。

一方、弥助は霧子が持参した狐の手跡を真似て、朝倉四兄弟が昼餉を食した飯屋の女に偽文を渡していた。その文の中には、鎌倉に入る七ロの一つ、朝比奈切通しに差しかかる折りには旅人の姿もなくなり、辺りは薄暮が迫っているだろうと告げていた。

「兄者、狐の連絡どおりに朝比奈切通しに先行して待機せぬか」

と弐吉が言った。

「よし、この界隈に潜んでおるはずの佐和次を呼んで、狐とともに鎌倉の朝比奈切通しなる地に急ぎ向かえと伝えよ」

と朝倉一右衛門が四男の史之輔に命じて、朝倉兄弟は金沢八景から正睦一行に先行して鎌倉道を進み、朝比奈切通しに到着した。

朝比奈切通しは三代執権北条泰時が鎌倉と六浦を結ぶために整備した鎌倉七口の一つであった。名の由来は幕府の重臣和田義盛の子、朝比奈義秀がわずか一夜にして切り拓いたという伝説による。しかし、いかに難工事であったかは、険阻な切通しが物語っていた。

道幅はせいぜい一間余、切り立った左右の壁は垂直に四丈から五丈はあった。

朝倉四兄弟が辿り着いたとき、切通しには相模灘の西に傾いた光が木の間からわずかに差し込んでいた。

「ほう、なかなかの切通しかな。兄者、わしと史之輔が切通しの崖上に登ってみる。なんぞ知恵が浮かぶやもしれぬ」

弐吉が史之輔を従えて切通しの背後に回り、難航しながら鎌倉に向かって右の崖上から顔を覗かせ、

「兄者、このあたりに手頃な岩が転がっておるわ。この岩を崖っ縁に移してきて、あの四人が通りかかる際に頭上に落としてはどうだ。国家老一人を残して、

落石で押し潰してしまおう」

「それはよい考えじゃ、二人で仕掛けができるか」

「できいでか」

弐吉と史之輔が崖上に数本の倒木を横に並べて突き出し、均衡のとれた倒木の上に、兄弟でようやく抱えられる岩を四つ五つ運び載せた。突き出した倒木の先端に蔦葛（つたかずら）を結わえ、切通しの下に投げ下ろした。

「兄者、その蔓（つる）を引っ張れば頭上から岩が降ってくるわ」

「弐吉、奴らが気付いて後ろに逃げたらどうする」

「切通しの背後をわしと史之輔が、前を兄者と参之助が固めればよい」

「よし、決まった」

朝倉一右衛門が声を上げ、崖上で落石の仕掛けをなしていた二人が下りてきた。そこへ起倒流の鈴木清兵衛が助勢せよと命じた密偵の佐和次が、独り浮かぬ表情で切通しに姿を見せた。

「狐は来ておりませんかえ」

「なにを言う。そなたが迎えに行ったのであろうが。見つからなんだか」

と応じた一右衛門が、

「一行はまだか」

「四半刻ほどあとにこの切通しに差しかかりましょうな」

「狐め、一行にへばりついておるのではないか」

「犬笛を吹き鳴らしてみたんですがね、どこからも姿を見せないのでございますよ」

「致し方ないわ。配置に着こうぞ。佐和次、おまえはな、この蔓を持ってわしが合図したら体の重さを掛けて揺さぶれ。さすれば一行は上から落ちてくる岩に押し潰されて終わりだ。それにしても国家老だけ切通しを先行させる手はないか」

「佐和次、一行は提灯(ちょうちん)を灯しておるか」

「園村なる供が小田原提灯を灯しております。そのあとに国家老が従い、少し離れて本立なる供が女房に従うております」

「よし、弐吉、史之輔、なんとかして四人を二人ずつに分断せえ。国家老と提灯持ちがそなたらの前を通過して切通しに差しかかったら、大きな声で佐和次に合図を送れ」

「兄者は簡単に言うが、そう思い通りにいくかのう。まあ、やってみようか」

「われら朝倉兄弟が江戸で足がかりを作れるかどうかの瀬戸際、知恵を絞れ」

「分かった」

朝倉四兄弟のうち一右衛門と参之助が鎌倉側の切通し口に、弐吉と史之輔が六浦側の路傍に身を潜め、佐和次が切通しの隅に身を伏せて待機した。

もはや朝比奈の切通しは暗闇に包まれて、虫の集く声だけが儚げに響いていた。

佐和次は手にした蔓が一瞬戦いで軽くなったように思えた。だが、切通し一帯は無風で、長く重い蔓が戦ぐはずもない。引っ張ってみると、しっかりと切通しの上に差しかけられた倒木に結ばれているように思えた。

(気の迷いか)

佐和次は切通しの向こうに灯りが見えるのを待った。

ゆっくりと漆黒の時が流れて、不意に提灯の灯りが浮かんだ。

「弐吉兄、来たぞ」

「分かっておるわ」

二人は息を潜めて木陰に隠れ、灯りが切通しを通り過ぎるのを待った。

ひたひた

と提灯の灯りが通り過ぎた。影は二つだ。

（しめた）

と思った直後、弐吉と史之輔の背後に人の気配がした。

（だれか）

振り向くと、小梅村でさんざんな目に遭わされた娘の顔が、通り過ぎる小田原提灯の灯りに浮かんだ。

「あっ、お前は」

と弐吉が叫んだとき、がつんと肩に痛撃が走って骨が砕ける音が響くや、悶絶した。

「佐和次、蔓を引っ張れ！」

史之輔の叫ぶ声が途切れた。弐吉の肩を痛打した木の棒で、磐音が史之輔の鳩尾を突くや、右腕を打ち砕いた。

佐和次は史之輔の命に、蔓を握る両手に渾身の力をこめて引き下げると、一瞬重い感触を感じたが、すうっと蔓が外れた様子で頭上から降ってきた。

「どうした、佐和次」

「蔓が外れた」

一右衛門が問いかけ、佐和次が答えるところに提灯の灯りが近づいてきた。

「おめえさんたちの考えることなんぞお見通しだ。朝倉一右衛門よ。過日、お手玉で手玉に取った霧子が蔓を切り離して、立ち木に軽く巻いておいたんだよ」

提灯の灯りの向こうから弥助の声が響いた。

「しまった」

と地団太を踏んだ一右衛門が刀の柄に手をかけ、

「弐吉、史之輔、どうした」

と切通しの向こうに叫んだ。

「命に別状はない」

と声がした。

程ヶ谷宿に残ったはずの坂崎磐音だった。

「なんと、坂崎磐音に騙されたか」

「弟二人は気を失うておる」

「おのれ、参之助、ぬかるでない。豊前神刀流の業前を見せてくれん」

朝倉一右衛門が刀を抜き、参之助も長兄に倣った。

「剣に生きる者は、政に携わる者の庇護など期待してはならぬ。その足で豊前に戻らぬか」

「いったん決めた道じゃ、四兄弟で押し切る」

磐音は道端で拾った木の棒を捨てた。

「お相手しよう」

提灯を持った弥助は、互いを等分に浮かび上がらせるように切通しの岩棚に身を上げ、灯りを翳(かざ)した。

朝倉一右衛門と参之助は切通しの下り坂に両者並んで中段に構えていた。

そろりと包平(かねひら)刃渡り二尺七寸(八十二センチ)を磐音は抜いた。

磐音もまた中段の構えだ。だが、坂上にいる分、二人を圧するように大帽子(きっさき)が動きを封じ込めていた。

「参られよ」

一右衛門が前後に体を動かし、踏み込む機会を作ろうとしていた。と同時に参之助が先制するきっかけを摑もうと考えていた。

「参らねば、こちらから参る」

磐音の声に誘い出されたように一右衛門と参之助が迅速豪快に踏み込んできて、磐音の包平が弥助の提灯の灯りの中で、

「ハ」

の字に斬り分けられ、光になった。

その柔らかな動きに、踏み込んできた一右衛門と参之助の迅速が停止した。しばらく立ち竦むように立っていたが、手首の腱を斬られた兄弟の手から刀が、

ぽろりぽろり

と朝比奈の切通しに転がった。

期せずして二人の兄弟は斬られた右手首を左手で抱えた。

「もはや、そなたらは剣術家としては生きていけまい。あちらに倒れている兄弟とともにどこへなと去りなされ」

と磐音が静かな声で諭すように言った。

茫然自失して立ち去ろうとする二人に、密偵の佐和次も従おうとした。

「そなたにはやってもらうことがある。切通しに落石があってはなるまい、旅人に迷惑がかかってもならぬ。崖上の石を片付けよ」

「へえ、わっしがこの者をしっかりと見張って仕事をさせますでな」

弥助が言うところへ、切通しを越えて提灯を持った園村平八郎、次いで正睦、本立耶之助に伴われた照埜が姿を見せた。

「父上、母上、こちらでお待ちを」

磐音が後始末をするまで待ってくれるよう願った。

「磐音、なにがあったのじゃ」

正睦の問いは本立耶之助の耳に届かなかった。ただ、耶之助は、

(生涯の師に出会うた)

と考えていた。

四

鎌倉尼五山の第二位、東慶寺は山号を松岡山、寺号を東慶総持禅寺と称する臨済宗円覚寺派の一寺である。

開山は覚山志道尼、開基は北条貞時であった。覚山尼は北条時宗夫人であり、時宗が没した翌年の弘安八年(一二八五)に東慶寺を開創した。

中世から近世にかけて東慶寺の名を高めたのは、

「縁切寺」

としてであった。

女から離縁を持ち出せなかった時代、ここで三年間修行すれば離縁する権利、のちにはこの寺門を潜れば何人も認めざるをえない、

「縁切寺法」を確立する尼寺として江戸でも知られていた。

またもう一つ、後醍醐天皇の皇女用堂尼が五世住持として釈迦如来に帰依して以来、

「松ヶ岡御所」

と称され、豊臣秀頼の娘天秀尼が二十世住持として修行するなどした。また松岡、松ヶ岡とは『相模風土記稿』によれば、

〈里俗（この界隈を）呼んで松岡と称す〉

から由来し、寺の別名を松岡御所あるいは鎌倉比丘尼所とも呼ばれた。

鎌倉に一夜の宿を得た坂崎正睦一行は、翌朝宿に園村平八郎、本立耶之助の二人を残し、正睦、照埜、磐音の三人で浄智寺近くの東慶寺を訪ねた。

正睦は、山門前で掃除をする作務衣姿の老尼に身分を明かし、訪問の理由を述べた。するとしばし門前に待たされることになった。

山門の内外に咲き誇る木槿の花の上を秋茜が飛び交って、強い陽射しが鎌倉の山や海に降り注いでいた。

三人は関前藩主福坂実高の命で関前への帰路、東慶寺に立ち寄り、正室のお代

の方を訪ねたのだ。お代の方の返答一つでは会うことも叶わなかった。それを承知の上での鎌倉訪問だった。

四半刻も待たされたか、最前の老尼とは違う中年の尼に、

「ご案内申します」

と山門から本堂へと導かれた。本堂の前で一礼して庭へ曲がろうとする尼僧に、

「しばらくお待ちくださいませ」

と照埜が願い、本堂の前で三人は合掌した。

寺内ではどれほどの女たちが修行に明け暮れているのか、深い静寂に包まれ、海風を受けた松籟だけが微かに響いてきた。

ご本尊の釈迦如来を外から伏し拝んだ三人は、

「お待たせいたしました」

と詫びて再び尼僧に従った。

三人が案内されたのは茶室だった。

正睦と磐音は差料を茶室の外に残すと入室した。

そこに待っていたのは紫の仏衣を着た五世清澄尼だった。

「ようこそ東慶寺へ参られました。まずは一服差し上げたい」

　と見事なお点前で茶を点ててくれた。正睦らは気持ちを鎮めるようにとの五世清澄尼の心遣いを胸に、それぞれが思い思いに喫した。

　茶室に緩やかな時が流れて、正睦が口を開いた。

「清澄尼様、突然の訪問にも拘らず、かような持て成しを受けようとは言葉もございませぬ」

「そなたが豊後関前藩国家老坂崎正睦どのじゃな」

「いかにもそれがしが坂崎正睦、隣に控えしはわが女房にございます」

「仲睦まじゅうてなによりにございます」

「私どもとて山坂がなかったわけではございません」

「夫婦とは他人同士が一緒に過ごすのです。心が通わぬと思えるときもあって不思議ではございますまい。それを積み重ねるのが夫婦の年輪にございましょう」

「いかにもさようです」

「東慶寺の山門を潜られるのは、夫婦がともに歩けぬようになった女子衆にございます。坂崎様方のように、たとえ山坂谷底があろうとも、白髪まで添い遂げ、苦楽を共にできることがいかに幸せなことか」

「清澄尼様、いかにもさようにございます」

照埜が頷いた。

五世清澄尼の視線が磐音に向けられた。

「嫡子の坂崎磐音にございます」

「磐音様でしたか。家基様の剣術指南を務められましたな」

家基を承知しているのか、清澄尼の顔に懐かしさが漂った。

磐音は驚きを隠して首肯した。

「家基様の死ほど惜しまれるものはございません」

五世清澄尼と家基がどのような縁で結ばれていたのか、推察の他はないが、短い言葉の中に万感の思いが込められていた。

視線が再び磐音から正睦に戻った。

「お手前方が見えられたのは、福坂お代様のことですね」

「いかにもさようです。それがし夫婦、半年ほどの江戸滞在を終えて帰国する途次にございます。江戸を出立する折り、藩主福坂実高様の内々の命をうけ、倅の磐音ともどもかように当寺を訪ねましてございます」

しばし五世清澄尼は沈思し、

「実高様のお気持ちが変わられましたか」

「いえ、殿のお気持ちは終始一貫しておられます」

「ほう、と申されますと」

「清澄尼様、お代の方様が仏門に縋ろうとなされた謂れ、ご存じにございますか」

「東慶寺が受け入れてよいお人かどうか、お代様はいささか趣を異にしておられるように思えます。私どもが承知なのは、従うてきた従者から聞いた、自らの意思で剃髪し、鎌倉に参られたという一事だけにございます。お代様が自らの胸の内を話されるには、しばしの歳月がかかりましょう」

「そうでしたか」

　と応じた正睦が、

「家臣のそれがしが知りうるかぎりの経緯を話すことは僭越至極、こちら様にも迷惑なことにございましょうか」

「そなた様は国家老にして実高様の信頼厚きお方ではございませぬか。偏った話をなさるとは思えませぬ。迷える衆生を平穏なる修行心に導くには、事情を承知しておいたほうがよい場合もございます。いえ、当人がそのことを口にするならば迷いはすでに半ば霧散したといえます。お代様は自らの所業を悔い、恥じておられるように思えます。最前も申しましたが、胸中を御仏の前にさらけ出されるには、年余の歳月が要りましょうな」

「差し障りのないところを掻い摘んで申し上げます」

と前置きした正睦が、関前藩の内紛に絡むお代の方の言動と所業を、さらには跡継ぎのない藩主夫婦の気持ちを淡々と代弁した。

正睦が語り終えたとき、五世清澄尼の眼差しが再び磐音に戻ってきた。

「坂崎磐音様のお役目はなんでございましょうな。いえ、そなた様はすでに藩を離れた身にございましたな」

「それがしがこと、そこまでご承知にございますか」

「家基様のお側近くに仕えられたお方のことは承知しております。そなた様の養父、佐々木玲圓様のことも」

しばし間をおいた磐音は、

「清澄尼様のお話の腰を折ってしまいました。それがしの役目にございますが、父母との別れを惜しんで鎌倉まで随行したと得心いただけませぬか」

「ふっふっふ」

と清澄尼の口から笑みが零（こぼ）れた。

「お節介な磬音様じゃこと。かような尼寺にも、あれこれと江戸の話が伝わって参ります。そなた様がどこぞの老中どのと長い戦の最中にあることもな」

磬音は黙したままだ。

「そなた様を真似たわけではありませんが、ついつまらぬことを思い出しました」

「なんでございましょう」

「鎌倉は紀州とも海でつながっております」

と清澄尼の話が思わぬほうに向かった。

「天明元年の師走、下賤な女子を乗せた千石船が由比（ゆい）ヶ浜（はま）沖に碇（いかり）を下ろし、風待ちの間に鎌倉見物をするつもりであったか、なんとも華美な化粧と衣装で着飾って当寺を訪れました。そなた様が知る老中どのの側室とか。当寺は信仰修行の場ゆえ見物はならじと追い返しました。門前で一頻（ひとしき）り主の名を連呼して騒いでおったそうな。なんとも見苦しいことにございました」

「おすな、　様」

「やはりご存じでしたか。あの女子の行く末が思いやられます」

「清澄尼様のお心を煩わすことはございませぬ。高野山山中の闇に眠っておいでです」

「これはこれは、そのようなことになっておりましたか」

と笑った清澄尼が、

「お代様がことですが、もうしばらくお待ちくだされ。お代様が自ら迷い、悔いを振り切られた折りにこの清澄が相談に乗りますでな」

「清澄尼様、よう分かりましてございます」

「無駄足にございましたな」

「なんのことがございましょう。東慶寺に参拝し、清澄尼様にお会いできました。旅の思い出が一つできました」

と答えた正睦が懐に入れてきた一通の書状を出して、

「殿がお代の方様に宛てられた書状にございます。最前、われら夫婦にも山坂はあったと申しましたが、お代の方様はいささか深い谷底に身を落とされたようにございます。清澄尼様のご判断にて、書状を渡すも渡されぬも、ご一任申します」

「お預かりいたします」

と実高の書状を受けとった清澄尼が、

「三年間当寺で召し抱え、何卒縁切りして身軽になるというのが寺法にございます。ですが、坂崎様、もし三年の間にお互いが気持ちを新たにして再び一緒に歩き始めるというならば、この寺は別の意味で役に立ったということではございませんか」

「清澄尼様、いかにもさようです」

正睦が一応若宮大路の宿の名を告げたのを汐に、三人は茶室をあとにした。

旅籠への道すがら、もはや三人は話す言葉を持たなかった。お代の方と会えないことは、江戸を出るときから想定していたことだ。だが、藩主夫妻の縁が微かに残っているならばと鎌倉を訪ねたのだった。

「もう一夜、鎌倉に滞在いたしますか」

巨福呂坂切通しに差しかかったとき、磐音が訊いた。

「もはや用は終わった。これより駕籠を雇うて出立いたせば、夜までには程ヶ谷に戻り着こう」

「おまえ様、物見遊山の旅でないことは分かっております」

と照埜が遠慮げに言った。

「なんじゃ、照埜」

「あの森は鶴岡八幡宮にございますな。拝殿下で構いませぬ、参拝だけさせてくださいませ」

と願った。

「父上、折角鎌倉の地に参られたのです。本日の残り半日、鎌倉にて清遊なされませ。こたびの江戸入りと逗留では、父上も母上もその立場に見合うた以上のお働きをなされました。鎌倉見物ののち、明朝、心置きなく程ヶ谷へと戻られませぬか」

「そうか、そうじゃな。明日からは関前までの長い旅が始まるゆえ、そういたそうか」

正睦が翻意して、磐音は長谷小路の辻にいた駕籠屋になにがしかの酒手を渡し、宿に待つ園村と本立の二人に、

「明朝鎌倉出立」

を言付けさせた。

坂崎親子三人はまず、源頼朝が源氏の氏神たる「八幡宮」を大臣山のふもとに移築して、これを中心に鎌倉の都造りを始めたという鶴岡八幡宮の御本殿を、手

前の舞殿から参拝し、

「関前藩の繁栄と福坂家の存続」

を祈願した。

「磐音、そなたの口添えで思いがけなくも鶴岡八幡宮にお参りすることができました」

照埜が感謝の言葉を口にした。

「母上、腹が空かれたのではありませんか」

「磐音、折角鎌倉にあるのです。昼餉よりも鎌倉の大仏様も鎌倉五山第一の建長寺（けんちょうじ）にもお参りしとうございます」

「欲張るでないぞ。明日からの旅にこたえぬようにな」

「おまえ様、それに空也と睦月になんぞ土産を買うて磐音に持たせなければなりませぬ。いえ、おこんさんや門弟衆にもなにか購（あがな）わなければなりますまい。私どもがかように寺社巡りを楽しんでばかりではなりませぬからな」

照埜が俄然張り切り、

「母上、旅の土産は話と決まっております。おこんや門弟衆に買い求められた土産を、それがしが運んでいくのはご免です」

「ならば空也と睦月だけにしましょうか」

ようやく照埜が得心し、半日をかけて鎌倉の主だった寺社のいくつかを巡った。

夕暮れ前、若宮大路に戻ると、宿の前で園村と本立がうろうろしていた。

「どうしたのじゃ、平八郎、耶之助」

正睦が声をかけると、ほっと安堵した表情の園村が、

「お代の方様がお見えにございます」

と旅籠の中を差した。

園村と本立の二人はお代の方がどこにいるのかも知らなければ、また坂崎親子が鎌倉にお代の方を訪ねるなど夢想だにしていなかった。突然鎌倉の旅籠に藩主の正室が訪ねてきたのだ、その驚きは尋常ではなかった。

「なにっ、お代の方様がおいでか」

正睦ら三人は番頭に迎えられて早々に座敷に通った。すると二階座敷にお代の方がひっそりと座していた。

「お代の方様、知らぬこととは申せ、お待たせいたし申し訳ございませぬ」

と正睦がまず詫びた。

「正睦、詫びなどよいのです。そなたらが東慶寺を訪ねたこと、あとで清澄尼様より知らされました。殿の書状を拝読して、それでも迷うたのです。もはや鎌倉におるまいと思うたが、正睦、そなたらに会いたいと思うてな、矢も楯も堪らず清澄尼様にお願いいたしました」

「東慶寺からの戻り道、宿を引き払い、程ヶ谷宿へ戻ろうかと考えましたが、照埜が折角鎌倉に来たからには、鶴岡八幡宮にも建長寺にもお参りしたいと言い出しましたでな、一日鎌倉滞在を延ばすことにしたのでございます」

正睦の言葉にようやくお代の方の顔が和み、

「照埜か、初めてじゃのう」

「お代の方様、照埜にございます。鎌倉の神仏の加護でお代の方様とお会いできてようございました」

「照埜、ようも鎌倉滞在を延ばしてくれました」

と応じたお代の方が磐音を見た。

「磐音、嫌な思いをさせましたな」

剃髪したお代の方は顔も体もほっそりとして、なにか憑き物が落ちたような表情で平静を取り戻していた。

「何ほどのことがございましょうか」

と答えた磐音は、

「お代の方様、夕餉をわれらとともに摂られることは東慶寺の作法に逆らうことにございましょうか」

「磐音、私は未だ修行尼として認められておりませぬ。清澄尼様のご判断です。ゆえに寺を出る折り、もし運よく坂崎正睦どの一行に会えるようならば、今宵四つ(午後十時)まで門を開けておくとのお許しを得てきました」

「ならばわれらと夕餉をともにいたしませぬか」

と答えた磐音が座敷を下がり、廊下に出ると霧子が控えていた。

「お代の方様がお見えになったと園村様に聞かされ、鎌倉の寺を探し歩きましたが、本日はどういうわけか、後手に回り、若先生方の影さえ踏むことはできませんでした」

と霧子が詫びた。

「母の思い付きゆえ、われらの動きを推量するのは難しかろう」

「若先生、膳部を四つ、すでに帳場に命じてございます」

「助かった」

「私どもは階下の小座敷に控えております」

と霧子が姿を消し、ほぼ同時に夕餉の膳が運ばれてきた。

お代の方は一刻半ほど坂崎親子三人と膳をともにしながら四方山(よもやま)話に時を過ごした。五つ(午後八時)過ぎ、辻駕籠に乗せたお代の方を磐音は東慶寺まで送っていった。むろん陰ながら弥助と霧子が従っていた。

どことなくお代の方も坂崎親子と話し合えて気持ちが吹っ切れた様子が窺えた。

東慶寺の門前で辻駕籠を下りたお代の方が、

「磐音、明日清澄尼様に私の気持ちをお話しし、今後のことをご相談申し上げます」

「それがようございます。余計なことですが、殿はいつ何時なりともお代の方様のお帰りをお待ちにございます」

「そのような日が参ろうか」

「必ずや」

「磐音、さらばです。おこんに宜しゅうな」

お代の方は通用門を叩いて縁切寺の向こうへと姿を消した。

磐音のもとには、坂崎一家に勧められて旅籠でお代の方が認（したた）めた実高への文があった。お代の方と実高はか細い糸で未だ結ばれている、そう磐音は確信した。

虫が集（すだ）く秋の夜のことだった。

第四章　俄の宵

一

季節が緩やかに移ろっていく。

この日、朝稽古の指導を終えた磐音は、福坂俊次を母屋に誘い、昼餉を兼ねた朝餉の膳をともにした。その席で俊次から磐音は伝えられた。

中居半蔵が物産を積んだ藩船で豊後関前から江戸に戻って来た、ついては磐音と会いたいとの言付けであった。

俊次はすっかり尚武館坂崎道場の門弟として慣れ、藩邸で堅苦しくも、

「若様」

とか、

「俊次様」

と奉(たてまつ)られる息抜きを兼ねて尚武館通いを続けている様子があった。そして、このように時折り、速水兄弟や設楽小太郎らと一緒に、稽古のあとにおこんらが供する食事や甘味を食するのをなによりの楽しみにしていた。

尚武館にはもう一人俊次と同じ世代の新入り門弟がいた。

竹村修太郎だ。

姉の早苗が、母親の勢津に甘やかされて育った修太郎のことを気にかけて、毎朝のように道場に修太郎が来ているかどうかを確かめに来た。

だが、意志の脆(もろ)さは父親ゆずりと見えて、二日に一回は朝稽古の刻限に遅れたり、また顔を見せなかったりした。そこで早苗は毎朝決まった刻限に道場に修太郎の出欠を確かめに行くことにした。そして、顔を見せなかった日の昼下がりは、必ずおこんに断り、磐城平藩安藤家の下屋敷に理由を尋ねに行った。すると勢津が、

「早苗、修太郎のことですね。熱を発して稽古を休ませました」

とか、

「おや、稽古に行きましたよ。どこぞに立ち寄ったか、本日は気分が乗らないの

でしょうね」

などと本人に代わって言い訳をした。

「母上、修太郎を一人前の男子に育てるお気持ちがあるのですか。多くの門弟衆は、朝早く川向こうから早朝稽古に駆け付けてこられるのです。それをなんです、尚武館にいちばん近い修太郎が稽古に遅れ、かようにも姉の前に姿を見せぬとは。母上が嫡男というて際限なく甘えさせた結果がこれです」

早苗は母親の勢津に厳しく注意したが、

「早苗、そなたがそうがみがみ言うで稽古に出たくないのではないですか。もう少し大らかな気持ちで気長に見てくださいな」

「母上、そうやって父上を放任なされた結果、刀を捨て、中間に成り下がられたのではありませんか。いえ、父上は父上で必死に私どもを餓えさせまいと働かれた結果がああでした。だから私はなにも申しません。されど修太郎は何ですか。尚武館には奏者番速水様のご子息兄弟や、直参旗本の設楽小太郎様、さらには修太郎と同じ頃に入門なされた福坂俊次様が熱心に稽古に通ってこられているというのに、熱があるから、気が乗らないから、などと三つの幼子ではないのですよ。母上のせいで意志薄弱に育ったのです」

早苗に厳しく窘められた勢津だが、

「早苗、もうしばらく黙って様子を見ていてください」

と答えるばかりで、早苗は独り寂しく小梅村に戻ることを繰り返していた。

中居半蔵江戸帰着の知らせを受けて、磐音は俊次とともに富士見坂の関前藩邸に出向くことにした。

おこんの心尽くしの朝餉と昼餉を兼ねた食事を終え、霧子の漕ぐ猪牙舟に二人は乗り込んだ。

隅田川に出た猪牙舟が流れに乗り、霧子はゆったりと櫓を操った。それでも流れと相俟って、舟はそれなりの速さで神田川との合流部を目指した。

「俊次どの、江戸の暮らしに慣れられましたか」

「坂崎先生、藩邸の暮らしには未だ戸惑いを覚えるばかりです。されど小梅村に稽古に伺うのはそれがしの楽しみになりました」

「それはようござった。そのお気持ちが現れて、実に伸びやかに稽古を続けておられる」

「先生、いつになったら李之助どのや小太郎どのと対等に打ち込み稽古ができるようになりましょう。それがし、自らの力不足に気が滅入ります」

「杢之助どの方は、尚武館佐々木道場時代から直心影流を学んでこられたのです。そう一朝一夕に彼らの域には達せません、倦まず弛まず稽古あるのみです」

「それがしが一年頑張ったとしても、杢之助どの方はまたさらに一年先を進んでおられましょう」

「ゆえに杢之助どの方の二倍三倍の努力をせねばなりません」

「それでも追い付くのは無理かもしれません」

「俊次どの、幕臣の子弟速水杢之助、右近兄弟、若くして直参旗本家の当主の座に就いた設楽小太郎どの方にはそれぞれの立場と考えがあって、小梅村に稽古に通うてこられます。その考えや経験にて互いの力に差が出るのは当然のことにござる。俊次どのは武芸者になるために剣術修行をなされるのではございますまい。関前藩六万石の棟梁として何百人もの家臣団を率いる覚悟と胆を練るために、剣を学ばれるのです。どのような難儀に直面しても、動揺することなく平常心にて対処するための剣術修行です。そのこと、どうかお忘れにならないでくだされ」

　磐音の言葉を嚙みしめるように聞いていた俊次が、

「それがしに関前藩を率いることができましょうか」

「できます。微力ながら坂崎磐音がお手伝いいたします」

「それは心強い。ところで棟梁の器量とは、どのようなものでございましょう」

「鳥の目で大局を眺め、虫の目で細部を見落とさぬことです」

「そのために剣の修行をなすのですね」

「いかにもさようです」

「ですが、今のそれがしには先生の言葉が理解つきませぬ」

「稽古の積み重ねの先におぼろに見えてくるものです」

「いかにもさようでした」

笑みの顔で俊次が素直に頷いたものだ。

磐音はそのとき、もう一人の新入り門弟竹村修太郎のことを考えていた。

四半刻後、猪牙舟を昌平橋下に着けた霧子は磐音に、

「お帰りをお待ちしますか」

と訊いた。

「霧子、帰りの刻限がいつになるか知れぬ。夜遅くなるようであれば川清の小吉どのに送ってもらう」

磐音は霧子を小梅村に戻した。

二人が富士見坂の関前藩邸の門に立つと、

「若様、お帰りなされませ」

と門番らが出迎えた。そして、

「坂崎様、よう参られました」

と磐音にまで改めて言葉をかけるようになった。

鑓兼一派が藩邸を牛耳っていた時期、訪問者すべてに門番や玄関番の藩士たちが刺々(とげとげ)しい視線を向けて、

「この人物はどちらの派に与(くみ)する者か」

と探っていた。

鑓兼一派が一掃された今、藩邸内が藩主実高を中心に然るべき上下関係のもとに統一されて、明るくなっていた。これには実高の跡継ぎたる俊次の存在も大きく関わっているように思えた。大名家にとって幕府に認められた世継ぎがいるかどうか、家臣一同の気持ちに大きな違いがあったのだ。

門を潜ると藩物産所の広縁が開け放たれ、広敷に藩船明和三丸が積んできた関前の海産物や山の幸の見本が並べられており、若狭屋の番頭義三郎や商人たちが見立てをしていた。

「おお、小梅村の先生か」

広敷から中居半蔵が声をかけてきた。

その顔は海上で陽光にさらされてか、浅黒く焼けていた。そのかたわらには中居半蔵の跡を継いで藩物産所組頭に就いた稲葉諒三郎(いなばりょうざぶろう)がいた。稲葉が磐音に会釈し、半蔵が、

「俊次様をお使い立て申し、恐縮至極にございます」

と広敷に座して俊次に詫びた。

「中居半蔵、尚武館に稽古に通う身じゃ、なんのことがあろう」

と落ち着いた声音で応じた俊次が、

「坂崎先生、御用が済んだら奥に参られませぬか。養父上(ちちうえ)も坂崎先生がお見えになると聞いて楽しみにしておられます」

その言葉に会釈で応じた磐音は奥に向かう俊次を見送り、物産所の玄関に回った。するとすでに半蔵が待ち受けていて、

「御用部屋に参ろう」

と磐音を藩物産所の御用部屋の一つに案内した。

中居半蔵は物産所組頭を辞して江戸屋敷留守居役兼用人が職階だ。だが、本日

は明和三丸が秋の物産を積んできたというので立ち会っていたのだろう。

「磐音、わずかな刻限じゃが、大坂藩邸で正睦様、照埜様とお会いすることができた。お二人とも東海道を恙無く歩き通されて健やかであったぞ。あとは瀬戸内の海を船行するだけであった。もはや関前城下に安着しておられよう」

「中居様、それはよき知らせにございます。両親ともに齢ゆえ、こたびの江戸滞在と道中が帰路に差し障りはせぬかと密かに案じておりました」

「案じる要などないわ。お二人とも顔の色艶もよく、挙動もしっかりとしておられたわ」

中居半蔵が正睦と照埜の書状を磐音に渡した。

一通は磐音に宛てた正睦の書状であり、照埜の文はおこんへ宛てたものだった。

「小梅村に戻り、ゆっくりと読ませていただきます」

「ご夫妻にとって思い出深い江戸逗留、いや、小梅村でそなたらと暮らした日々であったようじゃ。真に楽しかったと、照埜様は繰り返し満面の笑みでそれがしに仰ったわ」

「私どももまた、思いがけなくも父母と過ごせた貴重な半年にございました」

「鑓兼参右衛門がもたらしたただ一つの功かもしれぬ」

と呟く中居半蔵に磐音は訊いた。

「関前は落ち着きましたか」

「実高様の上意をうけて中居半蔵が下向したのじゃぞ。鑓兼一派を徹底的に洗い出し、始末をつけた」

中居半蔵の口調は自信に満ちていた。

「ご苦労に存じました。さすがは中居半蔵様でございます」

「そなたに言われるとこそばゆい。それもこれも、そなたが嫌な思いをしながらも江戸で大鉈(おおなた)を振るってくれたからこそじゃ」

「ともあれ祝着に存じます」

「関前藩はなんとか一つ難儀を乗り切った。じゃが、そなたのほうに難儀を押し付けたという気もせんでもない」

鑓兼参右衛門が豊後関前藩江戸藩邸に入り込み、お代の方を籠絡(ろうらく)して、なんと江戸家老にまで昇り詰め、実高が国許にあるときを狙って、江戸藩邸内に田沼意知の内意を受けた鑓兼一派を組織したことを、半蔵は言っていた。

毒蛇の尻尾は切り落としたが、邪悪な蛇の頭はますます江戸城内で権力を振るっていた。

中居半蔵は、田沼父子が尚武館を潰すために関前藩に手を出した事実は厳然と残った、と言っているのだ。

「そなた、鎌倉に赴き、正睦様と照埜様の三人でお代の方様に会うたそうじゃな」

「実高様より聞かれましたか」

「そうではない、正睦様がそれがしだけに伝えられたのだ。殿はそのようなことを一切洩らされるものか。全幅の信頼を寄せる坂崎親子じゃからこそ、鎌倉への使いも頼まれたのだ。お代の方様は悔いておられたそうな」

「中居様、お代の方様も一人の女性にございます。世継ぎなき正室の立場や女として老境に差しかかった不安定なお心の隙にあの者が入り込んできたのでございましょう。しばし東慶寺にて禅修行をなされれば、いつの日か実高様と再会の日が巡ってくるのではございますまいか」

「正睦様もそう仰せになった。ところでそなた、お代の方様から殿への返書を預かったそうだな」

「殿にお渡し申しました」

「なんと仰せられた」

「格別なにも」

「殿が返書を読まれる場にいたのであろうが」

「控えておりました」

「それでそなたになにも仰せられないのはおかしいではないか」

「ただ、覆水（ふくすい）は盆に返らずというが、時を重ねればわずかな絆が芽生えるやもしれぬ、それが年寄り夫婦の知恵というものであろう、と呟かれました」

実高が俊次を通して磐音に書状を委ね、磐音が鎌倉の東慶寺のお代の方に転送し、お代の方の返書も小梅村の坂崎磐音宛てに送ってもらえれば、必ずや実高の手に届ける手配を磐音はなしていた。だが、このことを磐音は中居半蔵にも洩らさなかった。

「多年仲睦まじゅう過ごされてきたのだ。しばらくの間、江戸あるいは関前と鎌倉にお別れになって過ごされるのも、老境に差しかかられた夫婦の在り方かもしれぬ」

と半蔵が答え、

「実高様が兼務なさることになっておった江戸家老じゃがな、しばらく留守居役のそれがしが代役を務めることになった」

「用人を含めて三役を中居半蔵様が務められますか」

「用人じゃが、総目付の寺島碓次郎どのが兼任してくれることになった。それがしの本務はあくまで留守居役、江戸家老は代理にすぎぬ。他家との儀礼などに限ってそれがしが代役を務めるのだ。そなたも承知のように、関前藩はこの十余年の間に二度のお家騒動を経験し、有為の人材が数多亡くなり、またそなたのように外に出た。ゆえに手薄になっており、人材育成が急がれる。そなたがわが藩に戻ってくれればよいのだがな」

「こればかりは覆水を盆に返すより難しゅうございましょう」

「そなたが紀伊藩の剣術指南に就いた件じゃがな、実高様がなんとも悔やしそうな表情をなさっておられた」

「あれこれと関わりがございまして致し方ないことなのです」

「そなたには、関前藩など及びもつかぬ難儀な大海原が待ち受けておるでな」

磐音はなにも応えない。

「折角じゃ、殿に挨拶して参れ」

中居半蔵に言われて磐音は物産所の御用部屋をあとにした。

　磐音が富士見坂の関前藩江戸屋敷の通用口を跨いで通りに出たのは五つ半（午後九時）の刻限であった。

　実高は半蔵、磐音、それに俊次を侍らせて、なんとも嬉しげな表情で関前から届けられた秋鯖の味噌漬けなどを肴に酒を飲んだ。それも三合ほども召した頃合い、

「ふうっ、磐音は御三家の剣術指南じゃと。もはや豊後関前藩など忘れてしまうであろう」

　と何度も繰り返した。

　そのあと、俊次と小姓に両肩を支えられて寝所に下がったのを機に、磐音は辞去することにした。半蔵が乗り物を出そうと言ったが、関前藩の家紋入りの提灯を借りただけで、富士見坂から大名屋敷や大身旗本の屋敷が連なる小路を八辻原に出た。

「うむ」

　磐音は富士見坂を下りきった辺りから監視が付いたことを悟った。だが、磐音の足の運びが変わることはない。

（相手がだれか）

詮索しても詮無いことだった。磐音は歩調を変えることなく、意識だけは後方に向けていた。

豊後関前藩邸の帰路と考えれば、鐺兼一派の残党が未だ潜んでいたか。

いや、そうではあるまいと磐音は考え直した。

それより鐺兼参右衛門と繋がっていた田沼意知の一派と想定すれば、起倒流鈴木清兵衛か、その手の者と考えられる。

鎌倉に密かに赴いた正睦一行の後をつけて、朝比奈切通しで殺戮を図ろうとした朝倉四兄弟は、磐音、弥助、霧子の手によってもはや刺客を続ける体ではなくなっていた。

朝倉四兄弟の失敗を確信した鈴木清兵衛一味が新たに刺客を仕立て、磐音を狙わせているのか。

（別手か）

磐音はそのようなことを考えながら、ひたひたと柳原土手伝いに浅草橋へと向かった。

両国西広小路に人影はない。馴染みの今津屋の分胴看板が風に揺れていた。

両国橋に差しかかったのは四つ（午後十時）の前後か。

長さ九十六間の両国橋を磐音一人が渡っていく。橋の三分の一ほどのところに差しかかったとき、尾行者が間を詰めてきた。

磐音は振り向くことなく橋の半ばを過ぎた。左右の欄干下に何者かが潜んでいた。その場を三、四間通り過ぎた磐音が立ち止まり、振り返った。

尾行者は五人、中の二人は半弓を構えていた。

「それがしが何者か承知の上での襲来か」

「坂崎磐音」

「ほう、やはり承知か」

半弓の二人が構えた。間合いは七、八間、弓の達人ならば外す距離ではない。

「短矢で人を殺せると思うてか」

「矢尻には南蛮渡りの猛毒が塗ってある。たとえ掠ってもそなたの動きは一瞬にして鈍る。突き立てば死ぬ。覚悟せえ」

「それがしが独りで夜道を帰ると思うたか」

「いるならば姿を見せよ」

その声の直後、橋の欄干の左右から影が虚空に飛び上がった。

「あっ」

と驚く声に向かって鉄菱（てつびし）が飛び、面を激しく打った。そのせいで矢があらぬ方向へ、大川の流れへと飛び去り、橋板に弥助と霧子が、
ふわり
と飛び下りた。

奇襲に失敗した刺客の頭分が、

「坂崎磐音、今宵は許して遣わす」

と声を残して両国西広小路へと逃げ去り、その後を霧子が追跡していった。

「大方、木挽町あたりに唆された者にございましょう」

弥助が磐音に呟き、磐音の手から提灯を借り受けて水上に向かって振った。

磐音が見ると猪牙舟に辰平が乗り、利次郎が櫓を漕いでいた。

「思いがけない出迎えに助けられた」

と磐音が言い、両国東広小路の船着場へと弥助が先導していった。

二

尚武館坂崎道場に竹村修太郎が姿を見せたり、見せなかったりする日が相変わ

らず続き、早苗だけがいらいらしていた。だが、早苗が真剣に修太郎のことを思えば思うほど、修太郎は尚武館に姿を見せなくなった。

いささか焦りを見せるその様子を見たおこんが早苗を呼び、

「早苗さん、しばらく修太郎さんのこと、放っておかれてはどうでしょう。修太郎さんにはなにか心に引っかかることがあって、抗うておられるようですから」

「おこん様、放ってしまえば、修太郎はいよいよ自堕落な父の二の舞になりましょう」

「修太郎さんを馬に譬(たと)えて悪いのですが、水飲み場に馬を連れてくることはだれにでもできます。ですが、飲みたくない水を飲ませることはだれにもできません。馬には水を飲みたくない理由があるのです」

早苗はしばしおこんの言葉を吟味するように考えていたが、

「いかにもさようでした。皆さん、朝早く川向こうから通ってこられるというのに、修太郎だけができないのが姉として恥ずかしゅうございました」

「早苗さん、修太郎さんには十分に尽くされました。自らを責めてはなりませんよ」

早苗が頷いておこんの前から下がった。

磐音はこの会話を隣座敷で書状を認めながら耳にしていた。

「おまえ様、余計なことでございましたか」

「いや、早苗どのが必死になればなるほど修太郎どのにその思いは伝わるまい。時宜を得たよい忠言であった」

「修太郎さんに剣術の才はございませんか」

「おこん、修太郎どのは親に言われて、尚武館に通うてはみた。じゃが、思いは他にあるようじゃ。なにか心中に秘めておる考えが漠とあるのか、なにも考えておらぬのか。ともあれ剣術の稽古に気持ちが向かわぬのじゃ。才もなにも、それ以前の問題であろう」

磐音は未だ修太郎に稽古をつけてはいなかった。修太郎のほうが磐音を避けて近寄らなかったからだ。

「早苗さんが不憫でなりません」

「しばらく黙って様子を見ているしかあるまい」

そんな会話があった翌朝、槍折れの稽古が始まっている最中に、修太郎が尚武館に姿を見せた。だが、稽古用の槍折れを手に庭の端に立ったものの、皆の動きに加わろうとはしなかった。

修太郎同様に遅れて小梅村に駆け付けてきた門弟が二、三いたが、その者は急ぎ、稽古に加わった。

指導する小田平助が修太郎の様子を見ていたが、

「どうね、修太郎さんや、稽古に入らんね」

と誘いをかけた。すると修太郎がのろのろとした態度で仲間の稽古に加わった。だが、気持ちがこの場にないだけに、一人だけ動きが異なっていた。

「やめ！」

といったん稽古を中断させた小田平助が、

「修太郎さんや、気持ちが稽古に向いておらんごとある。無理にくさ、呆けた態度でやるとくさ、己だけではのうて朋輩にも怪我を負わせることになるたい。大事になったらいかんたい、見物しとらんね」

と注意し、稽古を一人だけやめさせた。すると修太郎が、

ぷい

とした表情を見せると稽古の場から早々に姿を消した。それを見ていた小田平助が自らの気持ちを鼓舞するように、

「気持ちを引き締めてくさ、最後の槍折れ踊りをひと踏ん張りしますばい」

とその場にある門弟衆に告げ、自ら率先して動き出した。

槍折れの稽古が終わり、稽古の場が道場内に移る短い間に小田平助が磐音のところに来た。

「若先生、余計なことば言うてしもうた」

「いえ、的確な指示にござった。剣術の稽古で一人だけ違う動きをしていると、仰るとおりに朋輩を巻き込んで大事を引き起こします。それがしが注意すべきことを小田平助どのがなされたのです。それにしてもただ今の修太郎どのにはわれらの思いも通じますまい。いささか遅きに失したかもしれません」

「親父様や早苗さんのことば考えるとくさ、哀しゅうなるたい。尚武館という江戸でも有数の道場の稽古を楽しんでもらえんやろかと思うばってん、当人があれじゃ、他の門弟衆に迷惑たい、よか影響は与えんごたる」

「いかにもさようです。しばらく様子を見ましょう」

道場でもこの一件を見守ることにした。

奇妙なことは続くもので、この日、打ち込み稽古が佳境に入った頃合い、道場にせかせかとした足取りで入ってきた者がいた。そして、見所近くの床に座して稽古をちらちらと見ていた。だが、稽古見物に来たのではないことは歴然としていた。その視線が落ち着かなかったからだ。

磐音は稽古が一段落した頃、来訪者のもとに行った。

「佐野善左衛門様、珍しゅうございますな。尚武館は剣道場にございます、佐野様、ひと汗かきませぬか」

と磐音が誘った。

「なにっ、それがしに稽古をせよと申すか。相手を尚武館佐々木道場の後継坂崎磐音どの自らが務めるというか」

「それがしでよければ」

磐音の言葉を思案していた佐野が羽織を、

ぱあっ

と脱ぎ捨てた。

佐野善左衛門が所属する新番とは将軍直轄の軍団であり、大番、書院番、小姓組、小十人組と併せ、幕府五番方の一つで、近習番とも称された。

大番入りは在番の職務が険しく、書院番、小姓組の両番は三河以来勲功のある家筋の者だけに限られ、番入りできた。そこで新たな人材確保に努めるとともに番士が譜代に偏るのを避けるために、新番を設けて番方の一つに加えたのだ。

この新番は四組で構成され、このうち二組が西の丸に置かれ、一組は番頭、組頭、番士二十人で構成された。

佐野善左衛門は五百石ながら新番士に留めおかれていた。このことが来たるべき悲劇の要因の一つになってくる。

将軍直轄の武官である以上、剣術は表芸であらねばならない。

だが、これまで佐野善左衛門がどの程度の技量の持ち主か、磐音は知らなかった。

佐野は性急な動作で竹刀を正眼に置いた。さすがにかたちになっていた。だが、ふだんから稽古を積んでいない様子が、竹刀の揺れにもせかせかとした挙動にも感じられた。

「直心影流佐々木玲圓様の直伝の剣筋、拝見」

と叫んだ佐野が踏み込んできた。

思い切った面打ちだった。

ばしり

と重い打撃が、磐音が弾いた竹刀から伝わってきた。さらに胴に転じ、ひた押しに押し込む構えを見せた。だが、数度竹刀を合わせた磐音は相手の力量を読み切っていた。

佐野が肚に溜めた不満を吐き出させるために攻めに攻めさせた。

磐音は微動だにせず佐野の攻めを弾き、受け流し、時に、

くるり

と体勢を変えて途切れることなく攻めを継続させた。

いつしか佐野の肩が弾み、息遣いが荒くなっていた。体の構えも崩れ、足も縺れてきた。

磐音が面打ちを受けて押し戻すと、一歩引いた。

「まだまだ」

と佐野が自らを鼓舞するように叫ぶと、最後の力を振り絞って踏み込んできた。その竹刀を流しておいて、小手に軽く、

ばしり

と決めた。

「あっ」

と驚きの声を発した佐野の手から竹刀が道場の床に転がった。

「本日はこれまで」

磐音が竹刀を下ろして佐野に言った。すると佐野が腰から床に崩れて尻餅をつくように座り込み、

「直心影流尚武館、恐るべし」

と呟いた。

「佐野様、この程度の稽古はうちでは新入りの門弟でもこなします」

と応じると、

「母屋に参りましょうか」

と佐野を誘った。

半刻後、おこんの給仕で朝餉と昼餉を兼ねた食事を終えた磐音と佐野が向き合った。

稽古で汗を流し、食事をしたせいで佐野の顔にどことなく邪気が抜けたような落ち着きが見えた。

「佐野様、お久しゅうございます」

磐音が改めて挨拶をした。

「新番士はそれなりに忙しいでな」

「小梅村を避けられた理由がございましょう」

「なに、それがしがこちらを避けたと申すか」

佐野の視線が上目遣いに磐音を見た。

「佐野様、木挽町の屋敷に出入りなされていることはわれらも承知です」

磐音の言葉に一瞬驚きを顔に見せたが、

「そなたの下にはあれこれと変わった配下がおるでな」

「意知様になんぞ甘い餌を提示されましたか」

「御納戸頭への昇進と二百石の加増を用人によって伝えられた」

「その代償に系図は諦めよというわけでございますか」

「そうとは言わず、田沼意知の家臣の笹間弘一郎と申す者より、上野国の領地を見たい、その様子によっては七百石になった領地を江戸近くに換えてもよいとの申し出があった。ゆえにそれがし自ら領地を案内した」

「なにが起こりました」

「領地巡察のあと、わが領地の守り本尊というべき、先祖伝来の佐野大明神の像が忽然と姿を消したのじゃ」

「まさか奏者番の家来どのが盗みは働きますまい」

「とそれがしも思うた。ともあれ領民に命じて一円を捜させた」

「見つかりましたか」

「思いがけないところでな。木挽町の田沼邸に大明神の像がどこぞから移譲されて田沼大明神と称しているとの噂を聞いたで、それがし、主が登城の折りに意知様の許しを得てあると虚言を弄して、邸内の田沼大明神を確かめた」

「佐野様のご領地にあった大明神にございましたか」

「まぎれもない佐野大明神であった」

「どうなされました」

「主の下城を待って詰問をした。田沼意知め、世間には大明神など数多あるとぬけぬけとぬかした上に、それがしに、『よいのか、御納戸頭への昇進と二百石加増はよいのか』と居直りおった」

佐野の顔に青筋が立ち、苛立ちが再び現れた。

「それがしの代になり田沼父子に佐野家の系図を騙し取られ、七曜紋の旗を貸して返されず、こたびまた佐野大明神まで奪われた」

「佐野様、軽率にございましたな。信じるべき相手を間違うておられます」

「坂崎どの、返す言葉もない」

「本日、それがしになんぞ用があって参上なされましたか」

「もはや覚悟は決まった。それがし、もはや待てぬ」

「なにをなさるというのです」

「田沼父子に天誅を加えん」

「それは勇ましいことにございますな」

「そなた、それがしの決意を信じぬか。謗られるか」

　磐音はしばし佐野善左衛門の顔をひたと見ていた。

「佐野様、そなた様の腕前では田沼父子を斬れませぬ」

「なにっ、新番士佐野善左衛門をさほどまでに蔑むか」

「最前、それがしと稽古をいたしましたな。どうでございましたな」

「久しく汗をかかんで体の動きが悪かった」

「佐野様、うちの門弟のだれと立ち合うたところで、敵う相手はおりませぬ。そなた様の流儀はこの際、問いますまい。剣術の腕は錆びついておられ、刀は腰の飾りにすぎませぬ」

「お、おのれ」

　とかたわらの黒塗大小拵えの刀を摑み、立ち上がりかけた。

「それがしの言葉にお腹立ちならば、その刀でそれがしに浅手一つも負わせてみなされ。その折りは坂崎磐音、そなた様の前で額を畳につけて詫びましょう」

「よし、その言葉忘れるでない」

と喚いた佐野善左衛門が大刀の鞘を払うと、磐音に向かって斬りかかってきた。

磐音は避けもせず中腰の姿勢で踏み込み、片手殴りに斬りつけてきた腕を押し上げるように跳ね上げると、もう一方の手で佐野の帯を摑み、縁側へと放り出した。縁側の床を転がった佐野の体が沓脱ぎ石(くつぬぎいし)のかたわらに背から落ちた。

必死で起き上がろうとする佐野の顔の前に大刀の切っ先が突き出され、

「まだ目が覚められぬか」

と磐音が大喝した。

佐野の刀はいつしか磐音の手にあった。

はっ

とした佐野が起き上がりかけたが、腰が砕けて、

どたり

と尻を落とし、

「なんと愚かな」

と言葉も失ったようで茫然自失した。

磐音は突き出した切っ先を回すと、佐野が払った鞘に刀を納めた。そして、縁側に戻り、忘我とした佐野の顔の前に手を差し伸べた。

「お上がりなされ」

放心のままに差し出した佐野の手を掴み、縁側に引き上げると、

「今いちど、それがしの話をお聞きくだされ」

と佐野を見た。

「この愚か者の佐野にそなた、未だ言葉をかけると申されるか」

首肯した磐音が静かに佐野に語りかけた。

「ただ今、田沼意次様、意知様父子の権勢は頂きにございましょう。城中のどなたのご意見も聞こうとはなさらない。新番士のそなた様一人の力では、どうにもなりますまいと聞いております。上様とてお二人にはなかなか異を唱えられますまい」

「坂崎どの、それがしの屈辱の数々を忘れよと申すか」

「もう一度申し上げます。時勢をお待ちなされ。里山の田に満ち過ぎた水は畦を越え、やがて決壊して破壊へと繫がり、溢れた水は一気に裾野へと駆け下っていくだけにございます。その時期はそう遠くではありますまい」

「それがし、十分に待ってきた」

「今しばし、その時のためになにをなすべきか考え、耐えなされ。そなた様は先祖の系図など諸々を田沼様父子に騙し取られた。この坂崎磐音は、西の丸徳川家基様、養父佐々木玲圓、養母おえいの命を奪われても耐えておるのですぞ」

「なぜ耐えるのだ、坂崎磐音どの」

「報復のためではございませぬ。ご政道を正すためにございます。そのために家基様の死と養父養母の殉死があったのです」

「この戦いに勝つつもりか」

「必ずや」

長い無言の刻限が過ぎた。ふいに、

がばっ

と佐野善左衛門が磐音の前に這い蹲り、

「それがし、間違うておった。待つ。そのときのために力を蓄え、待つっ」

「それでようございます」

磐音が言い切ると、佐野善左衛門はどこか憑き物が落ちたように辞去の挨拶をして小梅村から去っていった。

ふわり
と弥助が姿を見せた。

「聞かれたな」

「はい」

「どう思われる」

「あのお方、感情を抑制する術（すべ）を承知しておられませぬ。なんぞ引き起こされねばようございますがな」

「それがしもそう思う」

「霧子が一応佐野様の戻りを尾行しております」

「まあ、今日はなかろうと思う」

と答えた磐音がおこんを呼んで、

「吉原会所に四郎兵衛どのを訪ねる」

「そうそう、会所の頭取からお呼びがかかっておりましたな。仕度をいたします」

とおこんが磐音の外着の用意を始めた。

「若先生、本日はなにかと厄介なことが起こります。お供させてくださいまし」

と弥助も願った。

「頼もうか」

と返事をする磐音に、

「船着場にてお待ちします」

と弥助が消えた。

三

磐音が独り五十間道を大門へと下っていくと、大門前は賑やかで、仲ノ町の左右の引手茶屋の前に屋台が造られ、囃子方の連中が稽古をなし、その前には芸者の名を書いた弓張提灯を持った俄の女芸者連が屯していた。そんな中に獅子舞いの姿もあって、こちらは獅子の振りの動きを繰り返していた。

昼見世の前だ。

いつもならば吉原は気怠ささえ漂っている時分だった。

吉原通とはいえない磐音にもそれは理解がついた。

（祭礼であろうか）

また大門の左右には四郎兵衛会所の若い衆が数人ずつ立って、何事か警戒していた。若い衆の顔に見知った者はいなかった。

磐音が吉原と関わりを持ったのは、奈緒こと白鶴太夫が吉原に入った安永二年（一七七三）末から落籍された安永五年初秋にかけてのことだった。若い衆の顔ぶれも変わったということか。

磐音は、初めて吉原見物に来た在所者のように大門の前で佇み、俄連の女芸者を見ていた。すると大門の中から若頭の法被を着た男が姿を見せて、

「おや、尚武館の若先生だ」

と言った。

園八だった。なんと園八は若頭に出世していた。

磐音の視線が襟に染められた、

「吉原会所若頭」

に留められているのを見た園八が、

「えっへへ、齢の順、順番でさ」

と照れ笑いした。

「ご出世おめでとうござる。園八どの、それにしてもこの賑わいはなんでござろう」

するると照れ笑いをにこやかな表情に変えた園八が、

「ふっふっふ、怖い者知らずの尚武館の若先生ですが、吉原の行事には疎いようでございますね」

「そなたも承知の野暮天だ。疎いどころかなにも知らぬ。祭礼のようじゃな」

「吉原には一年に大きな行事が三つございましてね。曰く夜桜、玉菊燈籠、それに八月の俄にございますよ。とりわけ八朔は大紋日、仲ノ町を花魁が白無垢を着て道中するのでございますよ」

「ほう、それはなんぞ謂れがござるか」

「へえ、八朔の白無垢は、その昔江戸一の巴屋の高橋太夫が病をおして、白無垢姿で大事な客を迎えに出た姿が却って、なんとも艶っぽくてよいというので、八朔は遊女たちが白無垢で身を飾る習わしができたんですよ。その夜は、『白むくを脱いでゆかたで床にくる』と川柳に詠まれた風景がどこの妓楼でも繰りひろげられるので」

「粋な仕来りではござらぬか」

「おこんさんの目を盗んで八朔の宵においでなさいましな。この園八が飛びっきりの花魁に手引きしますぜ」

「若頭、その八朔は半月前に終わった」

「だから来年」

「気長な誘いじゃな。おこんに相談してみよう」

「相談なぞと、若先生は新造の白無垢よりも初々しゅうございますね。吉原は客を呼んでなんぼの土地、八朔の客が詰めかける大紋日だけでは勿体ねえってんで、仲秋の名月の十五日を八朔に続く紋日にして、妓楼の主は張見世の前に、柿、芋、団子、栗、枝豆なんぞ季節の食べ物を三方に備え、遊女は抹茶を点て、棗に入れて馴染み客に飲んでもらう仕来りがございましてね」

「棗に抹茶な」

棗は茶入れの一種だ。

それにしても磐音はしきりにその光景を思い浮かべようとしたが、景色が結ばなかった。

「今宵はその仲秋の名月にございますよ」

「そうであった。それにしても吉原からも名月が見えるか」

「楼や引手茶屋によっちゃあ、出格子窓からちょうど、そうだ、若先生が居を構えられた小梅村のさ、三囲稲荷の上あたりに満月が出るんですよ。なかなか風流な見物ですよ。その上、今年は格別に八朔の俄をもう一度引き出しましたので、新たな客寄せです」

と園八が説明した。

「わが尚武館の真上辺りに仲秋の名月が浮かぶか。今宵、見てみようか」

と磐音が言うところに、思いがけない人物が四郎兵衛と立っていた。

「おや、以心伝心、坂崎様とは気が合いますな」

なんと今津屋の老分番頭の由蔵だった。

「おや、由蔵どのも仲秋の名月を吉原から観賞しようと参られましたか」

「いかにもさようとお返事したいところですが、野暮用でしてな。会所の頭取と商いの談義ですよ」

と由蔵が苦笑いし、

「よくよく吉原に縁なき衆生が、仲ノ町の待合(まちあい)の辻(つじ)で会いましたな」

「それがし、四郎兵衛どのに前々から呼ばれておりまして、ふと思い立って参りました。まさか仲秋の名月の宵が吉原の紋日とは知りませんでした」

「あの俄ですか。ありゃね、遊女に楽しみをと世に喧伝(けんでん)されておりますが、なあにあれこれと工夫を凝らさないと、ご免色里の吉原も客を呼べないのでございますよ。いわば、夜桜も玉菊燈籠も俄も客寄せでしてな、商いの手立てです」

と吉原の首魁が、園八の洩らした言葉を補足して暴露し、

「今津屋の老分番頭さん、もう一度茶屋に引き返してはもらえませんか。坂崎様と一緒に聞いてほしい話がございますので」

四郎兵衛に言われた由蔵が、

「紋日に吉原に長居するなんて滅多にあることではございません。坂崎様、ご一緒させてもろうてようございますか」

と断った。

「それがしも呼ばれた一人です」

三人は大門を潜って右方にある会所ではなく、その隣の引手茶屋松葉の土間に入った。すると茶屋の広土間にも紋日の晴れやかさが漂っていた。

「おや、頭取、またお戻りにございますか」

「女将、二階座敷を貸してくれませんか。本日は珍しいお方がお見えになりましたでな、今津屋の老分さんと戻って参りました」

女将と呼ばれた鉄漿の女が、腰から備前長船長義を抜く磐音を見て、

「おや、尚武館の若先生ではございませんか」

と声を上げた。

磐音が振り見たが、その顔に覚えはなかった。

「いえ、私が一方的に尚武館の若先生を承知なだけですよ。白鶴太夫が吉原に乗り込まれたとき、尾張の連中が嫌がらせを仕掛けようとしたことがございましたね。あの折り、若先生が間に入って騒ぎを大きくしないように見事に阻まれた。あの光景を見ていたんです」

「遠い昔の出来事にござる」

「あれこれと多忙な若先生には何百年も前のことにございましょうね。十年ほど前のことですよ」

女将が三人の男たちを二階座敷に案内した。

開け放たれた窓から仲ノ町に繰り出す俄連の女芸者や囃子方が見えた。

「今お茶を」

案内した女将が座敷を引き下がろうとするのへ、

「女将、茶より酒にしてくれませんか。家基様元剣術指南の坂崎様と江戸両替商六百軒を束ねる今津屋の老分さんに会う機会など滅多にあるもんじゃない。それも仲秋の名月の俄の昼下がりにね」

と四郎兵衛が笑いかけ、

「女将、たしかそなたは白鶴太夫の短い花魁時代を承知でしたな」

と話しかけた。

「頭取、白鶴太夫は代々の太夫の中でも気品と見識では群を抜いた花魁でした。朋輩であれ、馴染みであれ、胸の中を打ち明けることがなかなかないお方でしたよ。きっと胸に秘めた想いがそうさせたのでしょうね」

女将が磐音を見た。

「なぜ引手茶屋松葉の女将と気が合うたのかね」

と呟く四郎兵衛は、すでに呼び出しの要件に入っていると磐音は思った。

「同じ戌(いぬ)年生まれということもございましたがね、きっかけは尚武館の若先生の話題でしたよ」

「それがしの」

「はい。私が吉原乗り込みでの騒ぎの一件を白鶴太夫に披露しますと、私の危難を助けてくれたお方のことは承知しておりますと答えられました。それがきっかけで昼見世前にうちに見えて、女同士茶を飲んでは四方山話をしていかれるようになったのでございますよ。ですが、茶飲み話も、山形の紅花大尽前田屋内蔵助様の身請けで終わりました。山形に行かれた当初、何度か文を頂戴し、私も江戸のことなどを書き送りました」

「今も文のやり取りはあるかえ」

「いえ、お互いに子を産んだり、稼業が忙しくなったりで、ここ数年途絶えております」

「お喜久さん、尚武館の若先生が白鶴こと奈緒様とどのような関係であったか、承知だね」

「豊後関前で許婚であったとか」

お喜久と呼ばれた引手茶屋の女将が磐音の顔を見ながら言った。

四郎兵衛が磐音の顔を直視した。

「坂崎様、話というのは、山形の前田屋奈緒様のことにございますよ」

磐音は四郎兵衛に呼ばれるとしたらそれしかあるまいと考えていたから、ただ頷いた。そして、訊いた。

「奈緒どのは息災であろうか」

「お元気です」

「それはようござった」

と磐音は一先ず安堵した。

「この話は、山形に娘を買いに行った女衒がもたらしてくれたものです。いえ、女衒といってもぴんきりでしてね。貧しい一家を騙したり脅したりして、わずかな身売りの金子を親に叩きつけて娘を集めてくる女衒もいれば、数は少のうございますが、己が手掛けた娘が吉原の看板女郎に育つことを楽しみにしている女衒もおりますので。この話を私に聞かせてくれた一八爺は、数少ないそんな女衒の一人です」

「一八さんはどのような話を頭取に」

と由蔵が磐音の代わりに急かしてくれた。

「今から一年半前、紅花を栽培する百姓家を見回りに手代と一緒に出かけた前田屋内蔵助様が、乗っていた馬の後ろ脚に頭を蹴られて大怪我を負いなさったそうな。それが因で右半身がしびれて、医者や湯治で治療に努め、奈緒様も懸命に介護をなさっておられるそうですが、医者は元には戻るまいと言われたとか」

「なんと、前田屋内蔵助どのにそのような災難が」

「奈緒様は内蔵助様の介護をするかたわら、前田屋の商いも見なければなりません。ですが、こういうときにはえてして奉公人の中に悪いことを考える者が出てくるもので、店の金子を横領したりするものが何人か続いたそうな。そんなわけで、紅花大尽前田屋に陰りが見えると一八爺が知らせてきたのですよ」

磐音は独り奮闘する奈緒の姿を思った。だが、もはやどうすることもできないことだった。

「内蔵助様と奈緒様にはお子がおられるのですね」

「五つを頭に倅が二人と娘が一人。この娘御は未だ二歳とか」

「奈緒様にはあれこれと危難が降りかかりますね。まさかそのような難儀に遭っておられるとは存じませんでした」

お喜久が嘆いた。

「たしかに次から次へと難儀が奈緒様を見舞いますな。されどその度に奈緒様にはどなたかが現れて助けてくださいます。こたびの難儀もきっと切り抜けられましょう」

由蔵が言い切った。

「はい、私もそう思うております」

と答えた四郎兵衛が、

「余計なこととは思いましたが、白鶴の抱えだった丁子屋（ちょうじや）の旦那と相談し、私が江戸でなんぞ助けることがあるかどうか、奈緒様に書状で問い合わせております。坂崎様、話というのはこれだけなんでございますよ。いえ、坂崎様はおこんさんと所帯を持たれ、二人のお子があることも四郎兵衛、重々承知しています。それよりなにより、老中田沼一派と激しい戦の最中ということも知っております」

「四郎兵衛どの、話を聞かせていただき、坂崎磐音、謝する言葉もございませぬ。それがし、奈緒どののためになにもできませぬ。ただ、奈緒どのが幸せになっておられることをどのような時も願うて参りました。難儀が降りかかっているならば、やはり知っておきとう存じます」

と磐音が言い切った。

他の三人が大きく頷いた。

「お喜久どの、この話、そなたの胸に仕舞うておいてくれぬか」

はい、と答えた女将が、

「酒の仕度を」

と座を立とうとしたとき、廊下に急ぐ足音が響いた。

廊下に畏まったのは若頭の園八だ。

「俄になにか起こったのか」

四郎兵衛が訊いた。

「いえ」

園八が躊躇った。

「この場では差し障りがあることか。老分さんも尚武館の若先生も知らぬ仲ではなかろう」

「申し上げます。俄一行が角町に差しかかった折り、羅生門河岸に近い小見世の萩野屋で立て籠り騒ぎが起こったのでございますよ」

「立て籠り騒ぎですと、だれが立て籠ったのです、客か」

「へえ、抱え女郎、新造の白露の手を引いて、弟って野郎が俄の連中に紛れ込み、大門を抜けようとして萩野屋の遣り手に見抜かれ騒がれたために、また萩野屋に舞い戻り、白露を殺して自分も死ぬと騒いでいるそうです」

「姉と弟じゃと。おかしな足抜き騒ぎじゃな」

四郎兵衛が自問するように呟いた。

「頭取、萩野屋は代替わりして、新しい抱え主になったばかりです。種蔵さんと女将のおとねはまだ若く、奉公人に馬鹿にされまいと無闇やたらに怒鳴り声を上げたり、抱え女郎を打ったり殴ったりするってんで、会所にも訴えがございます」

「どこの楼も女郎が足抜けせぬようにあの手この手で見張っておるがな、萩野屋は手加減を知らぬようで、どうしたものかと思案しておったところじゃ。いささかのんびりし過ぎたか」

「俄の宵に立て籠り騒ぎが長引くと厄介です」

と園八が案じた。

「はて、どうしたものか」

四郎兵衛が腕組みして思案に落ちた。

「白露の弟はなんぞ刃物を所持しておるのでござるか」

磐音の問いに園八が、

「へえ、着流しの浪人者でございまして、黒塗の刀を一本差しにしているそうです。なんでも弟は、なんとか一刀流の達人だと、白露は朋輩に洩らしていたそうな」

「なに、浪人者じゃと、剣術使いじゃと」

四郎兵衛がいささか慌てた。

「坂崎様、そなた様はかようにあれこれと難儀が降りかかってくる運命にあるのでございましょう。お手伝いなさりませ」

　と由蔵が磐音を見た。磐音は頷くと、

「園八どの、見返り柳近くの山谷堀に猪牙舟が止まっておってな、弥助どのという名の者がそれがしを待っておる。急ぎ弥助どのを呼んできてくれぬか」

「へえ、昨年冬に会所でお会いしたお方ですね。畏まりました」

　張り切った園八が引手茶屋の二階から急ぎ姿を消した。

「坂崎様、申し訳ないことにございます」

　四郎兵衛が恐縮するのへ、磐音が、

「ひと揃い、俄の男衆の形を揃えていただけませぬか。それがしの形では相手が警戒しましょう。武士の姿に興奮した弟が刀を振り回して、周りの人に怪我をさせてもなりませぬ」

「頭取、それは私が」

　お喜久まで上気した様子で二階廊下から階段を下りると、

「元吉、ぼおっと突っ立ってないで、俄の男衆の形をひと揃い急いで借りといで。今年の持ち回りは信濃屋さんだよ、早くお行き！」

と怒鳴る声が二階座敷に聞こえてきた。

「今津屋の老分さんまで引き込んで、なんとも言い訳がつかないことで」

「頭取、私と坂崎磐音様の間柄は、うちの用心棒時代の南鐐二朱銀（なんりょうにしゅぎん）騒ぎ以来ですよ。かようなことは慣れたものです」

「ですが、これ以上騒ぎに巻き込まれてもなりませぬ。お引き上げになりますか、すぐに駕籠を用意させます」

「頭取、それはありますまい。こうなったら最後まで決着を見ぬことには、なにやら気もそぞろで店に戻っても落ち着きませんよ」

「ほうほう、老分さんも騒ぎがお好きで」

四郎兵衛が言うところに弥助が駆け付けてきた。

「道々、園八さんから話は聞きました。園八さんの手引きで立て籠りの萩野屋に入り込みます」

「頼みます」

磐音と弥助はあれこれと話をしなくても通じ合えた。

「それがしは俄の男衆の形をして萩野屋に参る。夜見世に騒ぎがかかってもなりますまい。なんぞ知恵を絞ってくだされ」

「へえ」

と答えたときには弥助の姿は引手茶屋の廊下から消えていた。

「ほうほう、尚武館には剣術家だけではのうて、変わった人材がおられますな」

「頭取、そうではのうて、今を時めく老中田沼様方と戦ができるものですか」

と由蔵がわがことのように胸を張り、

「それはそうでした」

と四郎兵衛が応じたところに、茶屋の若い衆が俄の衣装一式を両手に抱え、髪結いまで連れて戻ってきた。

四

吉原かぶりに法被姿、小雪と記された高張提灯(たかはりぢょうちん)を手にした磐音が、羅生門河岸に接した小見世の萩野屋に近付いていくと、見世の前を囲むように男衆が屯していて、なす術もなく騒いでいた。

磐音の手には俄の囃子方の太鼓の撥(ばち)が持たれて、それらしく装われていた。

「坂崎様、厄介なことが新たに起こっちまいました」

と園八が歩み寄ってきた。

「なにが起こったのでござるか」

「楼主の種蔵とおとねの娘のお千代が人質にとられたんですよ。怒り狂った父親の種蔵が白露と弟に掛け合いに行き、肩口をいきなり斬られたとか。その上、お千代まで人質に取られた。自業自得ですよ。こちらの言うことも聞かず独りで突っ走るからこういうことになるんで、つい最前まで痛い痛いと騒ぐ声がしておりましたがね、急に静かになったんで心配しているところです」

「親の所業と幼い娘の命は別物です。白露と弟はなにか萩野屋に要求しておりますか」

「羅生門河岸の鉄漿溝に架かる跳ね橋を下ろしてわれら二人を逃がせ、そうすれば子供の命は助けてやると奉公人に言ったそうです」

「人質に取られた娘はいくつでござるか」

「三つです」

「園八どの、羅生門河岸に女郎衆と客がいれば、皆を安全な場所に移してくだされ。そうして跳ね橋を下ろす準備を始めてくだされ」

「合点だ」

園八は張り切って若い衆を呼び、磬音の命に従って羅生門河岸の切見世の女郎たちを九郎助稲荷(くろすけいなり)の前に集め始めた。

「どんな具合ですね」

四郎兵衛と由蔵が姿を見せた。

磐音は、跳ね橋を下ろして二人を逃がす手立てを始めたところだと四郎兵衛に説明し、

「見世の奥では様子が分かりません。ともかく外に引き出して、逃げられると安心させ、その気持ちの隙に付け込んで、弟の動きを封じるしかございますまい。新たに三つの娘が人質になっているそうな。なんとしても幼子には怪我を負わせとうない」

「なんということだ。抱え主の種蔵さんが斬られたと聞いていますが、命に差し障りがある怪我でしょうかな。会所にはすでに医者を待たせてございます」

四郎兵衛が応じるところに、吉原の旦那衆の形をした弥助が姿を見せ、

「若先生、頭取、萩野屋の旦那の怪我は肩口を斬り割られていますが、騒ぐほど深手(ふかで)ではありません」

と報告した。

「それはようござった」

「それにしても静かですな」

「あんまり種蔵が騒ぐんで、白露が手拭いを口に押し込んでいやがるんで。お千代は刃物を突きつけられて、恐怖でものも言えないんでございますよ」

「えっ、抱え女郎が主の口に手拭いを押し込みましたか」

「頭取、侍は白露の弟なんかじゃありません。吉原に来る前から互いに惚れ合った間夫ですよ。白露は御家人くずれと思える浪人者を繁之助様と呼んでますがね」

弥助の報告に四郎兵衛が吐き捨てた。

「吉原もえらく虚仮にされたもんだ」

そのとき、萩野屋の暖簾を掻き分けて男衆が転がり出てきた。

「どうした」

「あいつら、帳場の銭箱の金子を風呂敷に包んで、白露が背に負ぶいました。それで、早く跳ね橋を下ろさないと、お千代の命はないと凄んでおりますよ。頭取、なんとかお千代ちゃんを助けてくださいな」

と哀願した。

「おまえさん、もう一度見世に戻って、白露と男にただ今仕度をしておりますと説得してくれませんか。仕度にしばらくかかりますでな」

「め、滅相もない。頭取、勘弁してくださいな。わっしは、野良犬みたいな浪人者のいるところに戻りたくありませんよ」

「お千代の命がかかっているんです、頼みますよ」

「命あっての物種だ、断ります。萩野屋から命を張るほど給金は頂戴していませんせん。ごめんです」

男衆がはっきりと言い切った。

「困りましたな」

「わっしが参りましょうか」

と弥助が名乗り出て、由蔵が、

「弥助さん、ここはいちばん、私の出番ですよ。今津屋の古狸が口車でなんとか、お千代ちゃんを見世に残すよう説得してみます」

と言い出した。

「老分どの」

磐音が由蔵の行動を諫めるように見た。

「いえ、危ない間合いには決して近寄りません。俄の世話方に扮して、時を稼いでみせますよ」

由蔵の言葉に四郎兵衛が、

「老分さん、そなたに万が一怪我でも負わせたら、今津屋の旦那に言い訳が立ちませんよ」

と言うところに、こんどは女が転がり出てきて、

「は、早くしないと、お千代ちゃんの指を切り落とすと繁之助が言ってますよ」

と叫んだ。

「頭取、まあ、その類の扱いには坂崎様からだいぶ仕込まれましたからな。娘さんに怪我を負わせぬように説得して、頃合いを見て二人だけ外に出させます」

由蔵が言うところに園八が走り戻ってきた。

「いつでも跳ね橋を下ろして鉄漿溝は越えられるようにしてございます」

と報告した。

「老分さん、白露と浪人となんとか話をして、落ち着かせてくださいな。ですが、決して危ない真似はなさらぬように」

四郎兵衛が決断した。由蔵が頷き、四郎兵衛から扇子を借り受けると、まるで遊治郎(ゆうやろう)のように奥襟に斜めに差し落とした。そして、磐音に会釈すると、

「白露さん、俄の世話方の相模屋市右衛門がそなたたちの注文を聞きにさ、中に入らせてもらいますよ。だんびらなんていきなり振り回さないでくださいよ。それでなくとも足はつるし、小便はしたいし」

と言いながら、暖簾を搔き分けて顔だけ覗かせ、内部を見た。

「頭取、京町の木戸の外に俄の連中、会所の男衆など、すべて出してください」

磐音が四郎兵衛に願った。

吉原は大門だけが門ではない。仲ノ町から五丁町に入るところには木戸がそれぞれあって、江戸町壱丁目とか京町弐丁目とか記された高張提灯が灯されていた。

四郎兵衛が若い衆に命じて、俄の連中を角町から仲ノ町に出した。磐音は四郎兵衛に頷き、太鼓の撥を二本、法被の前帯に差し落とした。

「園八どの、それがしを跳ね橋のかたわらに連れていってくだされ」

吉原は東西百八十間、南北百三十五間の方形をしており、総坪数は二万七百六十余坪、大大名の上屋敷ほどの広さを有していた。

ふだんは大門以外人の出入りはできなかった。だが、鷲神社の酉の祭の宵には跳ね橋を下ろして、老若男女が吉原の中を通り抜けできるようになっていた。

つまりは吉原を鷲神社の参道に見立て通り抜けさせるのだ。そのために鉄漿溝に跳ね橋が設けられていた。

それとも一日、八月朔日、八朔の宵はふだん吉原に入れない女の見物人も廓(くるわ)の中に入れた。だが、女の見物人を入れるとなると、混雑に紛れて遊女が足抜けすることが考えられた。そこで大門の左右に会所の若い衆が立って、

「女は切手、女は切手を見せて出入りしてくださいよ」

と厳しい警備を敷いていた。

白露と間夫もまた仲秋の名月の紋日に足抜けしようとして遣り手に見抜かれたのだ。

磐音が跳ね橋に行くと羅生門河岸の高塀の一角が開かれ、幅二間の鉄漿溝が見えた。跳ね橋は鉄漿溝の向こうにあって、廓内から縄を引くと重石の付けられた橋が架けられる仕組みだった。

園八が磐音にその仕掛けを教えた。

「園八どのも切見世に姿を隠しておられよ」

「坂崎様に注意もなんだが、相手は萩野屋の旦那を斬って気が高ぶってやがる。狂犬には注意してくだせえ」

「園八どの、相分かった」

出羽国山形まで奈緒の危難を救うべく一緒に道中をした若頭に返事をすると廓に背を向け、縄を摑んで、ぺたりと路地にへたり込むように座った。その背が丸まり、一見年寄りのように見えた。

「白露さん、相方さん、俄の世話方市右衛門が鉄漿溝の向こうまで案内しますでな、いいですか、約束ですよ。お千代ちゃんを同道するのは跳ね橋の手前までですよ。あとはあなた方の運次第だ」

由蔵の声が聞こえてきた。お千代を見世に残すよう説得したところで、二人は聞く耳を持たないと由蔵は判断したようだ。

「ほれ、表にはだれもいませんよ。ささっ、この隙にな。市右衛門が先導しますでな」

由蔵が萩野屋の表に出た気配があった。

いつしか磐音の吉原かぶりは彌造(やぞう)かぶりに変わって、両頰に手拭いの結び目の先がかかるので顔がほぼ隠されていた。

目をしょぼつかせた様子で年寄りに扮した磐音が後ろを振り返り、

「橋を下ろしていいだかね」

と由蔵に在所訛(なま)りで問いかけた。

「ああ、爺さん、この二人を通してあげてくだされよ」

由蔵が応え、白露が引き攣った両眼で辺りを見回し、背負った風呂敷包みの結び目に手をかけた。もう一方の手には剃刀(かみそり)が握られている。

繁之助なる間夫は、右手に抜き身を提げ、左手でお千代の手首をしっかりと摑んで、

「おさだ、早く跳ね橋を下ろさせな」

と命じた。

白露の本名はさだというのか。

羅生門河岸へと木戸を潜った白露こと、さだが、

「爺さん、急いで跳ね橋を」

と命じた。

「ああ、今、会所の衆から許しが出たでよ、下ろすだよ」

磐音がのろのろと立ち上がり、腰の曲がった姿勢で縄に両手をかけると、

「よいしょよいしょ」

と言いながら縄を引いた。すると幅一間半ほどの跳ね橋がゆっくりと下りてき

た。

「急いでできないのか、剃刀で喉を掻き斬っちまうよ」

「花魁、やめてくんな。まだ死にたくはねえだよ」

年寄りに化けた磬音が応じるところに、声を嗄らして泣くお千代を引っ張った繁之助が姿を見せた。

ようやく跳ね橋が下りた。

白露と繁之助にとって、長年夢見た廓の外だった。

「お千代ちゃんをこちらに貰いましょうかな」

由蔵が繁之助に願った。

じろり
と繁之助が由蔵を睨み、

「てめえ、名はなんだ」

「へえ、由蔵で」

と思わず答えていた。

「てめえ、最前、俄の世話方市右衛門と言わなかったか」

「えっ、そんなことを申しましたか」

と由蔵が窮地に落ちたとき、

「お千代！」

と萩野屋の表から女将のおとねの声が響いて、お千代が振り返るや、

「おっ母さん！」

と叫んで摑まれた手首を振りほどこうとした。

繁之助が強い力で引き戻そうとした拍子にその手がはずれ、お千代の体が縄の端を手にして佇む磐音のもとに転がってきた。

「あいよ、お千代坊」

磐音がお千代を抱き止めると背に回した。

「おさだ、橋を渡れ。予て約定の場所に突っ走れ」

繁之助が命ずると、

「繁之助様、あとで」

と言って白露が走り出した。

磐音の手が躍り、腰帯の太鼓の撥を一本抜き取ると、白露に向かって、

「発止！」

とばかりに投げた。

撥が回転しながら白露の背を強打し、跳ね橋の欄干に体が飛ばされてぶつかり、橋板に転がった。すると背に負った風呂敷包みが破れて萩野屋の帳場の銭箱から奪い取ってきた小判がばらばらと零れ落ちた。

「てめえは」

繁之助が抜き身を振りかぶると磐音に向かって斬り込んできた。

だが、磐音の手にはもう一本撥があり、振り下ろされる刀を掻い潜って、撥の先端が繁之助の喉に、

ぐいっ

と突き込まれた。

迅速な反撃に、両足を高々と上げて後ろ向きに欄干に背を打ち付けた繁之助が、

どどどっ

と、こんどは反対に前のめりに崩れ落ちた。

磐音が繁之助の手から転がり落ちた刀を拾った。

振り向くと由蔵が泣きじゃくるお千代の体を抱いて、

「悪い夢の果ては、概してこのような結末でしょうかな」

と呟いたものだ。

四半刻後、俄の男衆の形からいつもの姿に戻った磐音と由蔵は、

「坂崎様、俄を見物していかれませんか」

という四郎兵衛の誘いを断って、

「またの機会にしましょうか。吉原に長居をすると、おこんが悋気を起こすやもしれませぬ」

と笑みで応じて大門を潜ると五十間道に出た。

「女は切手、女は切手を出入りには見せてくんな」

若い衆が声を嗄らしていた。

二人が五十間道の中ほどに来たとき、弥助が待ち受けていた。

「白露ですがね、内藤新宿の大木戸外、百人組大縄地で育った白崎貞が本名でしてね、繁之助もどうやら同じ大縄地で育った幼馴染みのようでございますよ」

百人組は将軍直轄の軍団だが、鉄砲を携えた足軽同心百人で編成される下士団で、ゆえに鉄砲百人組とも称した。甲賀組、根来組、伊賀組、二十五騎組の四組があり、それぞれに組頭一名、与力二十騎乃至二十五騎、同心百人が所属して、

大縄地、すなわちお長屋で住み暮らした。

「白崎貞の家も同心の家系で、食い潰して株を売ったそうな。おそらく繁之助も同じ手合いの一人でしょうかな」

弥助がどうやら萩野屋で聞き込んできたようだ。

「あの二人、どうなりますので」

由蔵がだれとはなしに訊いた。

「足抜けは吉原でいちばん重い罪ですよ。白露の末路は決して楽じゃございますまい。繁之助のほうは面番所の隠密廻りが調べるそうです」

弥助は山谷堀に繋ぎ止めておいた猪牙舟に磐音と由蔵を乗せると、今戸橋（いまどばし）に向かって漕ぎ出した。

舟の胴の間で流れる雲を見ていた由蔵が、

「そろそろ木枯らしが吹く季節が巡ってきます。年々手足が冷たくなりましてな、年寄りには応える季節の到来です」

「老分さんはまだまだ元気ですよ。最前の俄の世話方なんて堂に入ったものでしたよ」

「弥助さんや、旦那様やお佐紀様の前ではこの話、禁物ですぞ」

と答えた由蔵が、

「坂崎様にあのような芝居心があるとは、努々考えもしませんでした。私など足元にも及びませぬ」

「由蔵どの、吉原で俄の男衆に扮したことも小梅村では内緒に願います」

「そうですな、御三家紀伊家の剣術指南が吉原で俄の男衆はいけません。ふっふっふ」

と笑った由蔵が、

「あとは出羽国山形の前田屋内蔵助様の容態がよくなることを祈るのみです」

「そのことです。それがし、由蔵どのを送ったあと、桂川甫周先生を訪ね、このような怪我が回復する望みがあるものかどうか、尋ねてこようと思います」

「そうですな、蘭方ならばなんぞ手立てがあるやもしれませぬ。ですが、馬に蹴られたのが一年半前というのが気にかかります」

「そうですね。怪我をした当初ならば御医師も手の打ちようがあるやもしれませんが、無駄を承知で桂川先生の知恵を借りようと思います」

磐音は応えながら、遠い山形で内蔵助の介護をする奈緒の気持ちを思い遣った。

第五章　短刀の謎

一

すでに木槿の花の季節は終わり、落葉を待つくさび型の葉だけが、冬の木枯らしから木を守るように覆っていた。だが、それも季節の移り変わりとともに散っていく運命にあった。

福坂俊次は、多忙な藩務の合間を縫って富士見坂から小梅村に熱心に稽古に通ってきた。そのお蔭でひょろりとしていた体付きに筋肉が付いて、ために構えも動きも安定してきた。

磐音は、時に俊次と竹刀を交え、じかに稽古をつけた。

俊次の剣は大らかで作為がない。小細工を用いることも、異形な構えも知らず、剣術の正統を貫こうとしていた。構えは剣術の王道ともいうべき、「中段の構え」

で、つねに相手の目を真っ直ぐ見て、ひた押しに攻めてきた。

磐音はこの素直な剣風を好ましく思い、稽古が終わったあとはつねに、

「俊次どの、正眼の構えがだんだんとかたちになって参りましたな。ただ今のままに研鑽なされ」

と褒めた。

「先生、正眼の構えを習得したのち、次なる構えに移ります」

「いえ、俊次どのはひたすら正眼の構えを極められることです」

「構えは一つでよろしいのでございますか」

「剣術の構えの極意は中段に始まり、中段に終わります。生涯追究してもその果ては見えませぬ。それほど奥が深い究極の構えにございます」

「上段の構えも下段の構えも脇構えも、それがしは覚える要はないのですか」

「王者の剣は中段の構えで宜しゅうござる。中段すなわち正眼の構えは一にして一ではございません。中段の構えにもその技を学ぶ者の気性が現れ、千差万別の構えになって、その構えにまた人格や心根が表れます。俊次どのの中段の構えに

は、堂々とした王者の風格が見えます」

「それがしには分かりませぬ」

「それがしの言葉を信じなされ」

「はい」

俊次は素直にも返事をした。

一方、同じ頃尚武館に入門した竹村修太郎は、最近ではほとんど尚武館に姿を見せず、早苗も一々安藤家の下屋敷まで迎えに行くことをしなくなっていた。

「しばらく放っておきなされ。その気になるのを待つしか手立てはありますまい。今の修太郎どのは、なにをなすべきかが見えておられぬようです」

との磐音の忠告を受け入れた結果だった。

季節はいつしか晩秋から初冬へと移ろい、隅田川を吹き抜ける風に冷たさを感じるようになっていた。

ある日、使いに出た霧子が、下谷広小路の人混みの中で仲間と一緒にいる修太郎を見かけたと磐音に報告した。

「修太郎どのは下谷広小路でなにをしていたのか」

「ただ自堕落な朋輩と一緒になって、行き交う若い娘に声をかけたり、からかったりしておりました。五、六人の仲間の一人が女物の煙管で煙草を吹かしておりましたが、それを窺う私を見て、いきなり怒鳴り声を上げたのでございます」

「おい、姉さん、おれの顔を睨んで文句でもあるのか。なんなら相手になってもよいぞ」

と一人が霧子に歩み寄った。

貧乏御家人の次男か三男坊か。物心ついたときからの厄介者は、もはや十七、八で荒んだ表情をし、一端の無頼者の雰囲気を漂わせていた。腰には塗りの剝げた大小を差していた。

「そなたには用事はありません。竹村修太郎さんにご用がございます」

と霧子は歩み寄った仲間を無視して修太郎に近付いていった。すると霧子に気付いた修太郎が後ずさりしながら目を伏せた。

「なんだ、修公の知り合いか。よく見ればこの娘、化粧っけはねえがなかなかの美形ではないか。そうだ、おめえの名はなんだ、一緒に遊ぼうぜ」

いきなり霧子の肩に手をかけ、引き寄せようとした。

くるり

と振り向いた霧子の張り手がぴしゃりと相手の頰べたに決まり、雑踏に小気味よい音を響かせた。通りがかりの職人が、

「いよっ、玉や！」

と頓珍漢な掛け声をかけた。

「おい、やりやがったな。この下谷広小路界隈を縄張りにする黒門町若衆組の、やりかけの長谷部源太を小ばかにするとは大した女だ。この償いは大きいぜ。おい、修太郎、おめえの知り合いだろ。この女を例の破れ御堂に連れ込め」

と命じた。

「修太郎どの、どうなされますな」

霧子の言葉に、修太郎が目を逸らしたまま尻込みした。

「修太郎、てめえ、おれの言うことが聞けないのか。仲間にしめしがつかねえ。おい、二人を囲んで連れ去れ」

と頭分の源太が他の仲間に命じた。

「おやめなさい」

下谷広小路の雑踏の中の騒ぎだ。大勢の野次馬が遠巻きに囲んでいた。

「おやめなさいか。縄張り内の下谷で女に頰を張られたとあっちゃ、おれの沽券

にかかわるぜ」

「どうしようというのです、やりかけの兄さん」

「てめえ、とことん、おれをばかにしくさるのか」

と叫んだ源太が霧子の胸ぐらを摑もうとした。

その手を逆手に捻り上げた霧子が、くるりと自らの体を回転させながら、相手の力と動きを利用して放り投げた。見事に虚空にくるりと回って背中から落ちた源太が、

うらん

と呻いて気を失った。

見物の野次馬も霧子のあまりにも鮮やかな技にぽかんとしていた。

霧子は修太郎を捜した。だが、騒ぎの間に人混みに紛れたか、その姿はなかった。

「……そんなわけでございまして、修太郎さんを連れ帰ることはできませんでした」

「早苗どのに伝えたか」

「いえ、まず若先生にと思いまして」

「どうしたものかのう。姉の早苗どのより父親の武左衛門どのに告げるのが先と思うが、勢津どのが知れば大騒ぎになろうな」

「私もいろいろ考えましたが、ひょっとしたら今日のことがきっかけで、あの仲間から抜けるかもしれません」

「様子を見よと申すか」

磐音の問いに霧子が頷いた。

そんな会話が交わされた数日後、早苗が、

「本日、一刻ほど暇を頂戴してもようございますか。母が呼んでいると妹が使いに来ました」

と磐音がおこんの給仕で朝餉と昼餉を兼ねた膳を食べ終えたときに許しを乞うた。

「なんぞ急用でしょうか」

おこんが首を傾げた。早苗はどうすべきか迷うように顔を伏せた。

「修太郎どののことではなかろうか」

磐音の言葉に、はっ、とした早苗が、

「若先生、なにか修太郎のことでご存じのことがございますか」

と反対に訊いた。

「いや、町中でちらりと修太郎どのらしき姿を見かけたでな」

と霧子の報告を自らの見聞として曖昧に答えた。

「どちらでございましょう」

「下谷広小路であった」

「おまえ様、そのようなことが」

「おこん、修太郎どのとはっきり認めたわけではないゆえ、口にしなかった。妹御が使いに見えられたと聞き、なんとのうそのことを思い出しただけじゃ」

「若先生、おこん様、修太郎には仲間がいるようで、ふらりと長屋を出るとしばしば夜遅く戻ってきたり、時に外泊もするようなのです」

霧子の願いも空しく、修太郎は未だ悪仲間と行動を共にしているということだろう。

「それではうちに稽古に来るどころではございませんね」

「私、若先生にもおこん様にも恥ずかしくて、お詫びの言葉すら申し上げることができません」

「武左衛門どのはそのことについて、どうするおつもりであろうか」

「あの父が珍しくしばらく放っておくしかあるまいと言って、怒鳴ったり手を上げたりすることを我慢しておいでです。その代わり、母がおろおろして、私の育て方が悪かったと自分を責めております。本日もおそらく愚痴を聞かすために呼ばれたのだと思います」

「早苗さん、勢津様の悩みを聞いておあげなさい。あなたは何一つ言葉を言い返してはなりませんよ。胸中のあれこれを娘のあなたに吐き出させてあげるだけで十分お役に立つのです」

おこんの言葉に早苗が頷き、

「武左衛門どのに会うたら、それがしが会いたいと申しておると伝えてくれぬか」

と磐音は願った。早苗は磐音の顔を見返したが、ただ頷き、

「昼からお暇を頂戴します」

と答えていた。

早苗が二人の前から去った後、おこんが磐音に訊いた。

「なんぞ修太郎さんのことをご存じのようですね」

磐音は自らが見聞したように告げた出来事は霧子の話を代弁したにすぎないと、さらに詳しい経緯をおこんに告げた。

「なんとそのようなことが」

と心配げな表情を見せたおこんが、

「霧子さんの口から聞かされたのでは、早苗さんの驚きと哀しみはさらに大きかったかもしれませんね。おまえ様の口から伝えられてようございました」

うむ、と応じた磐音は、

「本日の早苗どのの話を聞いてから武左衛門どのと会おうと思う」

「それがようございます」

「おこん、過日、吉原会所から届けられた金子があったな。あれを研ぎ代として鵜飼百助様に届け、短刀の研ぎ具合を見てこようと思うが、使うてよいか」

「おまえ様の働き料としてお礼に届けられた二十五両です」

過日、仲秋の名月の紋日に吉原を訪ね、出羽山形の紅花大尽前田屋内蔵助の奇禍を四郎兵衛の口から聞いた直後、廓内で俄の賑わいに紛れて足抜け騒ぎが起こった。

楼主の幼い娘まで人質にした騒ぎを磐音と弥助が取り鎮めたお礼にと、四郎兵衛が園八を使いに二十五両を届けたのだ。

「稽古料だけではうちの大所帯は立ちゆくまい。あの金子の使い道があるならば、鵜飼様にはしばし待ってもらう」

「一家の主が台所まで案ずることはございません」

「そうか、ならば使わせてもらおう」

「それより奈緒様のことを思うと、どのような不安なお気持ちでおられるかと案じられます」

「奈緒どのは西国豊後の生まれ、出羽には内蔵助どのしか頼りになるお方はおられぬ。その内蔵助どのが倒れたのじゃ、不安はいかばかりか」

あの日、磐音は由蔵を浅草橋で下ろすと、弥助の櫓でさらに昌平橋に向かい、駒井小路に桂川甫周国瑞を訪ねた。

診察の合間に話を聞いた国瑞が、

「馬の脚に頭を強打され、半身不随になられましたか。それも一年半も前のこと。診察もせずにいささか無謀な診立てですが、そうそう有効な手立てがあるとは思いません。ですが、急ぎ長崎出島のオランダ商館のお医師に問い合わせてみます。しばし時を貸してくだされ」

と言い、

「坂崎さん、心配事が絶えませぬな。そろそろ他人様より家族のこと、おこんさん、空也どの、睦月さんのことを専一に過ごされませんか」

と諭したものだ。

「それができればよいのですか」

「坂崎磐音は漢でござるか。ですが、坂崎さんも近々不惑を迎えられるのですぞ。いつまでもお若くはない」

「それも承知しております」

「老中田沼意次様の天下が続くかぎり、坂崎磐音の戦いも終わりませんか」

「剣に生きる者は、どのような世の中でも生涯戦いを避けては通れませぬ」

「佐々木玲圓様のようにですか」

「それがし、直心影流尚武館道場とともに養父玲圓の生き方、志を受け継いだ者にございます。それがしが戦いをやめるときは死の刻にございましょう」

「その折りはこの桂川国瑞が医師として看取ります」

「なんとも安心いたしました」

と磐音は友の申し出を心強く受けたのだった。

霧子が櫓を握る猪牙舟は、磐音を乗せ横川を進んでいた。法恩寺橋際で舟を下りた磐音は、霧子を小梅村に帰し、本所吉岡町の御家人にして刀研ぎの名人と謳われる鵜飼百助の屋敷を訪ねた。相変わらず閉じられた板戸はいつ何時たりとも押せば、

ぎいっ

と軋んで開き、貧乏徳利に砂を詰めたものが重し代わりになって勝手に閉じた。

勝手知ったる鵜飼家だ。母屋のかたわらにある研ぎ場を訪ねると、入り口には大きな水瓶が据えられており、その横に石榴の木があった。赤く熟して割れた石榴の実の中の種は、まるで貴石のように照り輝いていた。

「ご免くだされ」

と訪いを告げた磐音に、

「そろそろおいでになる頃かと思うていましたよ」

と天神鬚の百助が迎えた。

「本日はお一人にございますか」

「倅ならば、仕事を急かされるご仁がおられましてな、研いだ刀を届けに行っておりますのじゃ」

「鵜飼百助様が急ぎ仕事を引き受けられたとは珍しゅうございますな」

「ふっふっふ」

と苦笑いした百助老が、

「泣く子と老中どのには鵜飼百助も敵わぬでな」

「田沼意次様のご注文ですか」

「と言うて木挽町の用人どのが見えたで、あれこれ考えた末に引き受けた。なあに老中どのの倅が成り上がった父の名を出して、この鵜飼百助に研ぎをさせようとしたのよ」

「それを承知で引き受けられた」

「坂崎どの、わしが研いだわけではない。まだ見習いの倅に経験を積ませるために多額の金子で引き受け、研がせた仕事よ。じゃがな、面白いもので、刀にも主の心の在り方やら心魂やらが見える。もはや田沼様の権勢には陰りが生じておる。吉凶が占えただけでも研いだ甲斐があったというもの」

と百助が言い切った。

磐音は無言で頭を下げた。

どうやら鵜飼百助は、田沼父子の運命を見たくてこの研ぎ仕事を引き受けたようだ。

「なぜそのようなことが言い切れるか、不思議には思われぬか」

「刃に魂が宿ることを剣者は承知にございます」

「釈迦に説法をなしたか」

と笑った百助老人が研ぎ座から立ち上がり、神棚の三方に載せられてあった白木の短刀を三方ごと奉じてきた。

研ぎ場の一角に二畳ほどの小上がりがあって、磐音はそこに案内された。

磐音と百助老人が対座する間に三方が置かれ、一礼した百助が白木の鞘を抜いた。

磐音は見ていた。刃長一尺一寸余の刀身の両面に昇龍の彫りが施されており、端麗さに覇気を加えていた。

白柄の目釘を外し、白布を懐から出して切っ先近くに添えると、茎の裏銘を磐音に見せた。

「以南蛮鉄於武州江戸越前康継」

とあった。

康継は将軍家お抱えの刀鍛冶で、初代は近江国坂田郡下坂村に生まれ、美濃国関派の系譜をひく刀工であった。家康の次男結城秀康に見いだされ、慶長十年(一六〇五)ないしはその翌年に家康と秀忠により江戸に召し出され、徳川家の御用鍛冶になった。

その折り、家康より「康」の文字を下賜され、康継を名乗った。

「そなたにとってさらに大事はこの表銘にござろう」

と表柄をくるりと回して見せた。

なんと葵の御紋が刻まれていた。

「将軍家御用鍛冶ゆえ、葵の御紋が彫り込まれていても不思議はない。じゃがな、この銘は佐々木家と家康様の深い関わりを示し、さらには神保小路に拝領地を頂戴していた意味をはっきりと示すものと思わぬか」

「三河国佐々木国為代々用命　家康」

という言葉が葵の御紋に添えられてあった。

二

磐音は吉岡町の鵜飼百助の屋敷を出ると、横川に架かる法恩寺橋の東の袂にある地蔵蕎麦に竹蔵親分を訪ねることにした。

短刀の研ぎ代として用意した二十五両が袱紗(ふくさ)に包まれて懐には残っていた。

百助老人は大刀の山城国五条国永を研いだ折り、今津屋が過分に研ぎ代を支払ってくれたゆえ、短刀の代は受け取れぬと頑(かたく)なに拒んだのだ。

国永の研ぎが終わったとき、磐音たちはまだ江戸を離れていた。そのことを知った由蔵が、

「これは研ぎ代ではございません。尚武館の宝剣としての価値料にございます。お納めくだされ」

と二百両もの大金を払ってくれたのだ。

そんなわけで磐音は用意した二十五両を鵜飼百助に受け取ってもらうことができなかった。それよりなにより短刀の越前康継の茎に彫られた表銘を、

(どう解釈すればよいか)

と磐音は考えあぐねていた。

もしや鵜飼百助が推測したように家康と佐々木家初代の密やかな交わりを示すもの、そして、

「代々用命」

が佐々木家になにか秘命を示す証と考えるならば、神保小路の拝領地と屋敷はいくら権勢を誇る老中田沼意次とて、返却など命ずることはできぬ相談だった。

だが、代々佐々木家後継に伝わるべき秘命を、なぜ佐々木玲圓は磐音に伝えなかったのか。いや、玲圓は先代より伝えられなかったゆえ磐音にも話すことができなかったと推測された。なぜならば、佐々木家の拝領地の地中から甕が出てきたときも玲圓は、

「先祖が埋めたもの」

とは承知していなかったからだ。

なぜ秘命は佐々木家に伝承されずに途絶えたか。

またなぜ家康との秘密を約した刀と短刀が甕に隠され、忘れられていたか。

謎はいくらもあった。

大きな宿題を負わされた感じで鵜飼邸をあとにしてきたところだ。短刀の康継は百助老人が仕上げの研ぎをなしたいというので、

「いましばらく預かる」

と願い、磐音は胸に謎を秘めたまま地蔵蕎麦を訪ねたのだ。すると偶然にも木下一郎太が嫁の菊乃を伴い二階座敷にいると、地蔵の親分が知らせてくれた。

磐音が二階への階段を上がり、

「木下どの、菊乃どの、非番月でしたか」

と一郎太に話しかけた。

「おや、坂崎さんのご入来だ。小梅村まで足を延ばすかどうか、菊乃と話し合うていたところでした」

と一郎太が笑みの顔で洩らし、菊乃が、

「おこん様も空也様も睦月様もお元気ですか」

「お蔭さまで息災にしております。空也は関前の婆様、爺様が帰られた当初はさびしそうな様子でしたが、今では以前どおりの暮らしを受け入れたようです」

「長い逗留でございましたものな」

磐音は、関前藩の一連の騒ぎに対しての一郎太の働きに礼を述べ、訊ねた。

「お二方は本所になんぞ御用で参られましたか」

「いいえ、菊乃が亀戸天満宮を知らぬというものですから、伴うて見物に行ったところです。それで、疲れ休めに地蔵蕎麦を食そうと考えたところです。坂崎さんも蕎麦を賞味に来られましたか」

「鵜飼百助様のところに参ったところです。ですが、いささか相談事がないではございません」

「われらが同席してもよい話ですか」

「好都合です」

南町定廻り同心木下一郎太の縄張りは、川向こうの江戸の中心部にあった。だが、見習い同心時代に本所深川近辺を受け持ったこともあって、地蔵の竹蔵親分とは、

「鑑札を出した旦那と配下の御用聞き」

の付き合いを今もなしていた。

「どうです、温(ぬる)めに燗(かん)をつけました。喉を湿されてはいかがですか」

と竹蔵自ら燗徳利と酒器を運んできた。

「親分、坂崎さんはなにか相談に見えられたそうじゃぞ」

と一郎太が言い、親分に座るように言った。

「へえ」

と言いながら竹蔵が手際よく杯を三人に配り、燗徳利の酒を磐音に注ごうとした。

「親分、先客は木下どのご夫婦じゃ。まずはあちらから」

磐音が遠慮すると竹蔵が、

「いえね、坂崎様が紀伊藩の剣術指南に就かれたとお聞きして、お祝いと思ったのですがね」

と応じるのへ、一郎太が、

「もう紀尾井坂に通っておられますので」

と訊いた。

「ひと月前より三日に一度、昼過ぎに紀尾井坂の江戸藩邸まで通うております」

「下賤な質問でございますが、坂崎様、御三家の剣術指南方に俸給はございますので。いえね、小梅村の稽古料だけではあれだけの大所帯、おこん様も大変と思いましたので、ついお尋ねした次第です」

「親分、いささか余計な問いじゃぞ。いくらなんでも御三家の体面もあろうゆえ、それなりのものは支払われよう」

一郎太にも興味津々の表情が窺えた。

「木下どの、親分、ご用人どのから話はあった。ゆえにおこんの苦労もいささかなりとも減じましょう」

紀伊藩では毎日の指導を磐音に願った。ために紀伊藩の士分格としての報酬と、行き帰りの乗り物を出すと提示された。

だが、尚武館坂崎道場を主宰する身、いくらなんでも毎日の紀尾井坂通いは無理であった。そこで三日に一度、昼稽古の指導にあたることにして、磐音が行けない日は依田鐘四郎に松平辰平か重富利次郎を付けて行かせることにした。

依田はむろん磐音の代役であり、辰平と利次郎には尚武館以外の剣道場の空気に触れ、江戸にいて他流稽古の雰囲気を身につけさせるため随行を命じたのだ。

すると、

「坂崎先生のご指導は言うにおよばず、依田様の教えは懇切丁寧と評判もようござる。それにもまして松平どのと重富どのの若い門弟衆が藩道場の稽古に加わったことで、家中に活気が生じましてな、殿には道場の空気が大いに変わったとお褒めの言葉をいただいた」

と紀尾井坂通いが始まって半月ほどが過ぎた先日、磐音は用人から言われたばかりだった。

そのようなわけで、ひと月前より磐音を筆頭に、時には依田が代役として辰平か利次郎を従えて紀尾井坂の紀伊藩邸に通い始めたところだ。

「金子の高はご勘弁願いとうござる」

「いえ、わっしも御三家のお鳥目の額がいくらかなんて訊いたつもりはないんでございますよ」

「分かっております、親分」

「尚武館の内所がいくらかでも楽になれば、それに越したことはございませんや」

と宙に迷っていた燗徳利を改めて磐音に差し出した。

「御三家紀伊様剣術指南ご就任おめでとうございます」

改めて竹蔵が祝意を述べながら磐音の杯を満たし、さらに一郎太、菊乃にと注いだ。

「親分の志、有難く頂戴いたす」

磐音は杯の酒を口に含み、

「なんとも美酒にござるな」

「新川の酒問屋に入った下り酒の新酒にございますよ。燗をせずに冷で飲んでも口当たりがようございますが、温めの燗でもけっこういけましてね」

地蔵の親分が本業の蕎麦屋の親父になって答えた。

菊乃が香りを楽しむように杯の新酒を愛でて、口に含み、

にっこり

と微笑んだ。

「なんとも美味しゅうございます」

「菊乃は酒通にございましてな、本気で飲めばそれがしなど敵いそうにございません」

と木下一郎太が笑った。

「ほう、菊乃どのがな」

「坂崎様、私は幼少の頃より父上の晩酌に付き合わされ、酒を舐めさせられて育ちました」

「かように酒歴が長いのですから、貧乏同心など敵うはずもございません」

と亭主が苦笑いした。

磐音の視線が竹蔵にいき、竹蔵が、

「若先生の御用というのは、武左衛門の旦那の倅の一件じゃございませんか」

「承知でござったか」

「いえね、過日、品川様と道端で会った折り、武左衛門の旦那が修太郎さんのことを案じてぼやきに来るというのを聞きましてね」

「親分、武左衛門の旦那の倅は尚武館に入門したのではないのか」

木下一郎太が口を挟んだ。

「木下どの、入門はしました。ですが、あまり剣術が好きではないと見えて稽古に来たり来なかったり、姉の早苗どのが心配してその都度安藤家の下屋敷まで迎えに行っていたのです。ところがこのところぱたりと姿を見せなくなりました」

「尚武館坂崎道場はなにも剣術を学ぶだけの場ではないものを。なんという勿体ないことをする倅だ。親父が親父ならば、倅も倅だ。坂崎さん、そんな親子は放っておきなされ」

一郎太が言い放った。

「木下の旦那、こんどの一件は武左衛門の旦那に責任があるのではのうて、どうやら勢津さんが嫡男だからって甘やかしたことに大いに関わりがありそうなのでございますよ」

竹蔵親分が言った。

「どこも母親は嫡男に甘いからな。菊乃、うちはそうなってはいかぬぞ。跡継ぎじゃというて決して甘やかしてはならぬ。また弟や妹と差別をしてもならぬ」

一郎太がいきなり話を転じた。

「おや、菊乃様にお子がお生まれになる兆候がございますので」

「親分さん、ございません。それに私は前の婚家から石女(うまずめ)と烙印を押されて実家に戻された女です」

「き、菊乃様、わっしはなにもそのようなことを言ったわけではございませんので」

と竹蔵が慌て、木下一郎太が、

「菊乃、親分、案ずるではない。こうして本日も亀戸天満宮に詣で、わが家の安泰を願うたところだ。必ずや吉兆が舞い込む」

「木下どの、菊乃どの、そのこと、なんの心配もございますまい」

と応じた磐音が、

「最前の話じゃが」

「おお、うちの話ではなかった。坂崎さん、相すまぬことでした」

「木下家は仲がようてなによりです。さて、修太郎どのじゃが」

と話を戻した磐音は、霧子が下谷広小路で見聞したことを告げ、この数日長屋に戻ってこないことを南町定廻り同心と竹蔵親分に告げた。

「黒門町若衆組か。頭分が御家人の次男だか三男の長谷部源太、齢は若く見えますが、たしか二十歳は過ぎていたと思います。仲間はせいぜい十二、三人でしょう。部屋住みや半端者の集まりでしてね、腰に落とし差し、懐には匕首を呑んでる輩です。そやつら、下谷広小路界隈を根城に、在所から出てきた爺様を突き倒して懐中物を狙ったり、娘を破れ寺なんぞに連れ込んで悪さをしたりする悪がきどもでしてね、奉行所の同心部屋でも話が出たことがございます。武左衛門さんの倅があの仲間に引き込まれましたか」

さすがは町廻りが役職の定廻り同心、たちどころに黒門町若衆組について披露した。

「なにか引き離すよき知恵はござらぬか」

「下谷広小路はそれがしの縄張りではございませんが、早速朋輩に相談してみます。うちが月番に戻り、上役を説得すれば、一味を一網打尽にすることは難しくありますまい。だがそれでは竹村修太郎も縄目を免れぬ。ともかく修太郎を一味から引き離すのが先ですね」

「旦那、こいつは呑気にしていられませんぜ。武左衛門さんの倅だ、気が弱いに決まってまさあ。なにかとんでもねえ一件に足を突っ込んでからでは、取り返しがつきませんや。木下様、ご存じのように下谷広小路を縄張りにする御数寄屋町の初五郎親分は、わっしの兄さん株の十手持ちにございます。わっしが今日にも初五郎親分の家を訪ねて相談してみましょうか」

「そうだったな、土地のことは土地の御用聞きに聞くのが早手回しだ。竹蔵、そうしてくれるか。それがしは初五郎に鑑札を出している朋輩の城村勝三郎に相談する」

二人の間で相談が纏まった。

「木下どの、親分、助かった。もしなんぞ手に余ることがあれば、小梅村まで知らせてもらえませんか。すぐに駆け付ける」

「そいつはなんとも心強えや」

と竹蔵が応え、一郎太が、

「坂崎さん、この一件、武左衛門の旦那には当分内緒にしておいたほうがよくはございませんか。旦那が騒いで下谷広小路なんぞに出かけることになると、小火が大火事になりかねません」

「木下どの、それがしもそう思う」

と三人の合意がなった。

「ならば旦那様、本日はこのまま八丁堀に戻りましょうか」

「菊乃様、たしかにのんびりできる話じゃないが、半刻一刻を争う話ではございませんよ。うちの蕎麦を賞味してお帰りくださいましな」

と願った竹蔵が二階から姿を消した。

一刻後、磐音は業平橋を横目に小梅村に入っていった。小梅瓦町で瓦を焼く窯の煙が冬の夕空に、

すうっ

と立ち昇っていた。

地蔵蕎麦で自慢のざるを馳走になったあと、木下夫婦と竹蔵親分は猪牙舟を雇って乗り込み、それを見送った磐音は、北割下水に品川柳次郎を訪ねた。

むろん修太郎のことを知るためだ。すると柳次郎とお有夫婦に幾代が仲良く縁側で師走に鷲神社などで売り出す熊手造りの内職に勤しんでいた。

庭では十数羽の鶏が元気に餌箱の餌をつついていた。

夕暮れ前、餌を貰ったばかりのようだ。

「おや、尚武館の若先生の訪問ということは、竹村家の倅の一件ですか」

「いかにもさようです。お邪魔でしたか」

「いえ、もう片付けの刻限です。母上、お茶にしましょうか」

「品川さん、地蔵蕎麦で馳走になってきたところです。お察しのとおり、それがしの要件は修太郎どのの一件です」

「家出をしたようですね。どこに行ったのやら、金子の持ち合わせもございますまいに。あの武左衛門どのががっくりと肩を落としているとなると、いくらなんでも文句のつけようもございません」

と幾代が口を挟んだ。かたわらではお有が内職の片付けを始めていた。

「坂崎様、尚武館通いは続かなかったようですね」

「剣術は好きではないようです」

「勢津様は吉岡町の半欠け長屋に住んでおられる頃から、いささか見苦しいほどに大事に育ててこられました。武左衛門どのがあのような人柄ゆえ、嫡男に望みを託されたのでございましょう。勢津様の大きな期待が今になって徒になってしまいましたな。まあ、ばか亭主に総領の甚六、品川家と一緒です。うちは柳次郎がかようにしっかり者に育ちましたうえに、お有さんが嫁に来てくれました。安泰にございますよ。ですが、竹村家はいささか心配です」

と幾代が言ったものだ。

磐音はわが身に照らして考えた。

おこんと空也の母子の関わりはどうか、あれこれと思案してみたが、おこんには空也一筋にのめり込んで育てている様子はないと判断した。

水戸家の蔵屋敷の東側の道を抜け、今津屋の御寮の樹木がこんもりとした森のように見える堀留に差しかかったとき、尚武館の船着場に何艘かの舟が着けられ、大勢の人々が門前に佇んでいる様子が見えた。

（なにごとか異変が生じたか）

少なくとも竹村修太郎の始末どころではなさそうだと磐音は判断し、足の運びを速めた。

三

話は一刻前に遡る。

この日、福坂俊次は朝稽古に出られなかった。

豊後関前藩江戸屋敷では一の日には外から教授方を迎え、城中での仕来り、幕府の決め事、年中行事などの講義を受ける日であったからだ。外様大名の跡継ぎとしては大事な習い事であった。

その講義が九つ（正午）前に終わり、早い昼餉を食すると、磯村海蔵や籐子慈助ら家臣の門弟とともに昌平橋船着場に待たせていた藩所蔵の船で神田川を下り、大川に出ると、一気に竹屋ノ渡し近くまで遡り、小梅村の尚武館坂崎道場の船着場に船を寄せて、昼からの住み込み門弟らの稽古に合流した。

俊次は、城中での複雑怪奇な仕来りや礼儀作法を覚えることが大事なこととは承知していた。だが、どうしても気持ちが鬱々とする。そこで尚武館に駆け付けて、昼稽古とか夕稽古と称する松平辰平らの稽古に参加して、汗を流し、もやもやとした気分を吹き飛ばそうと考えた。

稽古を一刻半ほどで終えると、俊次らは待たせていた船に乗り込み、隅田川を下った。

弥助は、俊次らの乗る藩船が小梅村に姿を見せたとき、二丁櫓の苫船（とまぶね）が一丁ほどあとから従い、堀留に曲がった関前藩の船を横目に上流へと漕ぎ上がって行ったのを確かめていた。

大川を往来する大小無数の船の一艘と考えられないこともない。だが、長年の密偵の勘で、苫船が醸し出す雰囲気に怪しげなものを感じた。

そこで河岸道伝いに土地の人間が歩いている風体で上流に向かうと、苫船が芦原に止まり、苫屋根の下から不逞の侍が顔を覗かせ、煙管で煙草を吹かし始めた。

弥助は、大方木挽町の起倒流鈴木清兵衛道場に関わりのある剣術家が金で雇われ、門弟への嫌がらせに訪れたか、と思った。

しばらく見ていると苫屋根から壮年の声が響いて、

「直心影流尚武館坂崎道場はなかなか手ごわい。じゃがな、関前藩邸から通い来る福坂俊次なる関前藩の跡継ぎは、田舎剣術を習うただけのひよっこじゃ。従う家臣も二、三人、そなたらの腕前なら、不意をつけば俊次を殺めることもできよう。もし、そなたらが首尾よく事を果たせば、わが道場推薦でそなたらが望む旗本家、大名家に仕官が叶うと約束する」

と請け合った。

「池内師範、それがしはこの齢で仕官はご免じゃ。金子を頂戴したい」

「金が欲しくばそれなりのものを約定いたす」

「それがしは大名家に仕官したい。諸国を流浪する武者修行には飽き飽きし申した、池内大五郎様」

「承知した」

という話が洩れ聞こえてきた。

弥助は急ぎ尚武館に戻ると、法恩寺橋際まで磐音を送り、戻っていた霧子に事情を話し、松平辰平と重富利次郎にその旨を伝えさせた。だが、俊次ら関前藩の門弟には告げなかった。

七つ(午後四時)過ぎ、稽古を終えた俊次らの乗る関前藩の船が小梅村の堀留を出て、隅田川の本流に漕ぎ出した。すると、苫船がそのあとを追い、弥助が乗った猪牙舟が霧子船頭で苫船を追尾した。

苫船は隅田川に出た途端、一気に関前藩の所蔵船との間合いを詰め、その背後に迫ったところで、船に葺かれていた苫を川の流れに投げ落とすと身軽になって、船足を速めた。そして、一気に俊次一行の関前藩の船に迫り、横付けしようとした。

なんとも大胆不敵な行動だった。

霧子もまた瞬時に間を詰めようと櫓に力を入れた。だが、まさか堀留を出た途端に、それも白昼堂々行動するとは予想だにしなかったため、弥助らの対応が一瞬遅れた。

一方、俊次一行の乗った船では、俊次らが稽古で流した汗を川風に吹き飛ばして気持ちよさそうに遠く浅草寺の甍(いらか)を眺めたりして、後ろから怪しげな船が近づいてくるのに気付くのが遅れた。

「俊次様、奇妙な船が」

関前藩のお仕着せの法被を着た船頭が慌てた声を上げた。後ろを振り見た俊次らは迫り来る船影を確かめ、さらに槍などを手にしている様子に、

「磯村、籐子、怪しげな連中じゃぞ。ぬかるでない、戦いの仕度をなせ」

と俊次が命じると、

「はっ、畏まって候」

と二人がかたわらに置いていた刀を抜いて船の胴の間に片膝をつき、迎撃の仕度をなした。

俊次はすでに舳先がこちらの艫(とも)に迫った怪しげな船に向かって、

「豊後関前藩に関わりの船である。承知の行動か」

と落ち着いた声で問い質すと、いきなり後ろの船から半弓が射られ、船頭の腰

に矢が突き立って水中に落下させた。

過日、両国橋で磬音を襲った面々だった。

「おお、そのほうの命、貰うた」

「白昼の狼藉、許し難し」

俊次は叫ぶと刀を抜き、

「磯村、籐子、櫓を操れるか」

と従者に尋ねた。

「われら、櫓は漕げませぬ」

と磯村が応じたところに船が横付けされた。

いきなり乱戦になった。

だが、船頭がいなくなり操船が不能になった船上であり、また多勢に無勢なこともあって、俊次ら三人は最初から受け身に回らざるを得なかった。

「慈助、俊次様をお守りするのじゃ」

「分かっておる、海蔵」

二人の従者はわが身を楯に命を捨てる覚悟を咄嗟に決めた。

その気持ちの隙をつかれたか、槍を突きかけられた慈助が刀で数合払ったが、太腿を刺された。

「くそっ」

と言いつつなおも抵抗を続けた。

「慈助、傷は深手か」

応戦しながら俊次が大声で問うた。

「いえ、浅手にございます。俊次様、わが背に」

慈助が必死に叫んだとき、霧子船頭の猪牙舟が上流からの流れに乗って不逞の面々を乗せた襲撃団の船に迫り、舳先を、

どーん

と相手の艫にぶつけた。

船が大きく揺れた。ために一瞬攻撃の手が止まった。だが、

「なにをしておる、船頭、しっかりと船を操れ。それ、者ども一気に叩っ斬れ、流れに落とせ！」

と命ずる羽織の武士、起倒流鈴木清兵衛道場の師範池内大五郎に向かって、弥助が鬢(びん)に、

びしり

と鉄菱を擲(なげう)った。

「あっ」

と声を上げた池内の鬢から、ぱあっと血が噴き出すのが見えた。

霧子船頭の猪牙舟の舟底に伏せていた重富利次郎、松平辰平の二人が槍折れを手に立ち上がると、

「下郎ども、尚武館坂崎道場の重富利次郎推参。小田平助様直伝の富田天信正流の槍折れを食らえ！」

「同じく松平辰平、関前藩ご継嗣福坂俊次様への狼藉許さぬ！」

と口々に名乗りを上げ、日頃の手練を見せて槍折れを突き出し、横に薙(な)いだために、いきなり二、三人の襲撃者が流れに落ちた。

「しまった、仲間の船がいたか」

鬢を赤く染めた池内大五郎が、

「船頭、退却じゃ、引き上げじゃ！」

と命じた。

苫船は二丁櫓に任せて、船頭のいない俊次の船と尚武館の猪牙舟の間を割り抜けて、逃げようとした。弥助が、

「霧子、逃がすでない」

と命じ、霧子は操船する片手にもう一方の手を添えた。

その瞬間、太腿に痛みが走った。

混乱の中で半弓から放たれた短矢が、霧子の死角から飛来して突き立ったのだ。

「うっ」

と押し殺した声を上げた霧子が櫓に力を入れようとしたものの腰が定まらず、猪牙舟が左右に振れた。

「霧子、どうした」

利次郎が霧子の異変に気付いて大声を上げた。

「利次郎さん、騒ぐことではございません、矢を射かけられただけです」

霧子が健気(けなげ)にも応え、追跡に移ろうとした。

「霧子、追跡はやめじゃ。辰平さん、俊次様の船の櫓を」

異変に気付いた弥助が命じたが、そのときには辰平は関前藩の船に飛び移り、櫓に手をかけて船を御していた。

利次郎が猪牙舟の舳先から艫へと飛ぶように走り、霧子の軽衫袴(かるさん)の上に突き立

つ矢を見て、

「霧子、櫓を離せ。この場に横になれ、それがしが抜く」

と霧子のよろめく体を両腕に抱き止めた。すでに霧子の額からは脂汗が流れ出し、意識は薄れかけていた。弥助もその様子を見て、

「利次郎さん、神田川から駒井小路の桂川甫周先生の診療所に運び込もう。矢はわっしが抜いて止血する」

と指図した。頷いた利次郎が、

「霧子、しばし我慢せよ」

と霧子の体を師匠の弥助に託した。

弥助は矢が突き立った袴を引き裂くと太腿の傷口の上を手拭いで縛って止血し、

「霧子、ちと痛いかもしれぬ」

と短矢の矢羽を持って引き抜いた。すると霧子が苦悶の顔を見せたが、声は立てなかった。

矢傷に口をつけた弥助が血を吸い出し、流れに吐き出した。それを何度も繰り返したあと、腰に下げた薬袋から毒消しの塗り薬を出すと傷口に塗布し、縛りを

解いた手拭いをふたたび傷口に巻いて止血し、毒が全身に回らぬようにした。

「弥助様、こちらも篠子慈助どのが槍傷を負わされました。ただの槍傷ではなさそうです」

と辰平が報告した。首肯した弥助が、

「俊次様、お怪我はございませんか」

と尋ねた。

俊次は青ざめた顔をしていたが、

「弥助どの、それがしは、なに一つ手傷は負うておりませぬ」

と言動は落ち着いていた。

霧子の傷を手当てする間に、辰平が櫓を操る関前藩の船が猪牙舟と並んだ。

弥助は関前藩の船に跳び移り、篠子慈助の槍傷の手当てをした。

「よし、辰平、利次郎のご両人、霧子と慈助さんを桂川甫周先生のもとに運び込みますぞ。よいな、そなたらの櫓さばきが頼りじゃぞ」

弥助に言われた二人は険しい形相で櫓に取りつき、二艘の船は矢のように隅田川を下り始めた。

この騒ぎが一刻前の出来事だった。

磐音が尚武館の船着場に辿り着くと、なぜか船宿川清の小吉船頭がいて、

「ああ、若先生のお戻りだ」

と迎えた。

その場に季助や早苗もいて、住み込み門弟の神原(かんばら)辰之助らが門から飛び出してきた。

「どなたか事情を話してくれぬか」

と尋ねる磐音の声はいつもより冷静でゆったりとした口調だった。その口調がざわついたその場の空気を鎮めた。

「わっしが話します」

と小吉が応じると、

「わっしがうちの船寄場で船の手入れをしておりますと、利次郎さんと辰平さんの漕ぐ猪牙舟と関前藩の川船が競い合うように姿を見せて、わっしの顔を見た二人が、霧子さんと籐子様が何者かに傷を負わされたこと、福坂俊次様には怪我がないこと、桂川先生の診療所に運ぶことを口々に叫ばれて、最後に小梅村に知らせてほしいと言付けられたのでございます」

「小吉どの、およその仔細は分かった。辰之助どの、駒井小路に向かうところか」

「はい、おこん様がなにより二人の容態を知りたいゆえ、急ぎ駒井小路へ行くよう命じられました」

「ならばそれがしも同道いたす。季助どの、このことをおこんに伝えてくれ」

と命じた磐音はすでに仕度のできている小吉の猪牙舟に乗り込んだ。

同道は神原辰之助と早苗の二人だ。

小吉の猪牙舟は一気に大川の流れを下り、神田川へと入った。すると柳橋の船宿川清の前に女将のお蝶が立っていて、

「尚武館の若先生、怪我をなさったお二人は駒井小路ではなくて、昌平橋際の若狭小浜藩酒井様の中川淳庵先生のところに運び込まれたそうですよ」

と叫んで教えてくれた。

「有難い、礼を申す」

船中から頭を下げた磐音は、若狭小浜藩の江戸藩邸がより近いことを弥助が判断して、藩医中川淳庵に願うたか、と考えた。

昌平橋下に到着した磐音らは土手を駆け上がり、橋際に七千七百三十余坪の敷

地を持つ若狭小浜藩酒井家の門に走ると、

「ご門番、それがし、尚武館道場の坂崎磐音と申す。それがしの身内の者が中川淳庵先生の手で治療を受けておると聞かされた。お目通り願えぬか」

と頼んだ。

「坂崎様、すでに桂川甫周先生も到着され、お二人の治療が行われております。こちらへどうぞ」

門に待ち受けていた様子の若侍が急ぎ磐音ら三人の案内に立った。

磐音と藩医中川淳庵は、十年来の親しい付き合いの間柄であり、その縁で藩主の酒井忠貫(ただつら)とも面識があった。ために酒井家では尚武館佐々木道場の後継にして、西の丸家基の剣術指南であった磐音をとくと承知していた。

案内されたのは中川淳庵の診療室で、治療台の上に籐子慈助と霧子が並んで寝かされ、中川淳庵と桂川甫周の手当てを受けていた。どちらも意識はない。すでに高熱を発しているらしく、白く変わった額に汗をかいていた。そして、霧子を治療する淳庵のほうは傷口の縫合に入っていた。

診療室の隅に俊次、海蔵、弥助、辰平、利次郎の青ざめた顔があった。会釈する磐音に気付いたのは、淳庵だ。

「おお、坂崎さん、矢と槍先に毒が塗布してあったようで、運び込まれた当初は案じた。すぐに駒井小路に人を走らせ、甫周先生を呼んで知恵を借りた。そのお蔭でおよその見当がついたので、なんとか南蛮渡来の毒に対応できる治療を施したところです。それよりなにより、現場で弥助さんが毒を吸い出してくれたことで、なんとか命は取り留めているところです」

「中川先生、桂川甫周先生、このとおりにござる」

磐音は友にして医師の二人に腰を深々と折って頭を下げた。

「坂崎さん、礼は二人が元気になった折りまで待ってもらおう」

籐子慈助の槍傷を治療する桂川甫周国瑞が中川淳庵の見通し同様、決して軽くはないと釘を刺した。

「桂川先生、二人は助かりますよね」

診療室の隅から利次郎が尋ねた。

「先に槍で突かれたのはこちらの方のようじゃが、浅手だ。じゃが、霧子さんのほうが矢傷は深い。ゆえにそれだけ毒も体に回っておる。淳庵先生が言われたとおり、弥助さんが早くに矢を抜いて毒を吸い出したことでなんとか命を取り留めておる」

「なんとしても二人の命を助けてくだされ」

「むろん医師として最善を尽くす。これから高い熱を発し、意識が朦朧とする日々が続こう。何日後に意識が回復するか、それによってな、もとの体に戻るかどうかが決まる」

「桂川先生、後遺症が残るやもしれぬと仰いますか」

と磐音が訊いた。

「坂崎さん、二人とも若い上に尚武館で鍛えられて体は頑健じゃ。ゆえに回復力、蘇生力は人一倍であろう。それがよい方向に作用してくれることを祈るのみじゃ」

と淳庵も口を添えた。そして国瑞が、

「まずは今宵が峠じゃな」

と告げた。

「辰平どの、俊次どのを富士見坂までお送りしてくだされ。実高様も案じておられようからな」

磐音が命じた。

「中川先生、桂川先生、酒井家のご一統様、お世話になりました。改めてお礼に参上いたします」

俊次は丁重に挨拶すると診療室から姿を消した。磐音は玄関先まで同道し、

「俊次どの、それがしのせいで面倒に巻き込んでしまいました。お許しくださ
れ」

「先生、あの無頼の者たちに心当たりがおありですか」

「およその見当はついております」

磐音の答えに俊次が、はっ、と気付いた表情を見せた。

「先生、わが身を霧子さんと籐子慈助、さらには門弟衆に助けられました」

「実高様に、籐子慈助どのに怪我を負わせたこと、お詫び申し上げますとお伝え
くだされ。むろん落ち着いたらお詫びに参上いたします」

玄関先にはすでに酒井家から知らせが届いたとみえて、豊後関前藩の留守居役
の中居半蔵らが待ち受けていた。

俊次の無事な姿を見た中居がほっと安堵の様子を見せ、俊次に会釈すると、

「どうじゃな、二人の具合は」

と磐音に訊いた。

「今のところ、なんとか命は取り留めております。ですが、その先の見通しは、

高熱が下がって意識が回復するかどうかにかかっているとか」

　磐音は二人の医師から知らされたことを告げた。

「慈助をわが藩邸まで連れ戻ることができようか。いくらなんでも譜代の酒井様のお屋敷に世話になるわけにもいくまい」

「ならば、藩医の中川先生に直に相談なされませぬか」

　と磐音が言うと、半蔵は関前藩の家臣に、

「俊次様を富士見坂に」

　と帰邸を命じた。

　その夜のうちに、籐子慈助は戸板に載せられて富士見坂の関前藩江戸屋敷に戻った。

　だが、霧子は中川淳庵と桂川甫周国瑞の二人の医師の話し合いで、若狭小浜藩江戸屋敷の診療室に残り、夜を徹しての看病が続けられることになった。

四

　木挽町に広壮な門構えの道場があった。

　起倒乱流の流れを汲む江戸起倒流道場だ。江戸を中心に急速に門弟を集めてきた背景には、陸奥白河藩松平定信（まつだいらさだのぶ）ら名だたる大名がこぞって入門したことがあった。そのおかげで幕臣鈴木清兵衛の率いる江戸起倒流は、

「門弟三千人」

を豪語し、江戸剣術界を席巻していた。

この朝、朝稽古には何百人もの門弟が押しかけ、広々とした道場で熱気の籠った稽古が続けられていた。

道場主の鈴木清兵衛は道場の見所近くで若い松平定信の稽古相手を務め、高床畳敷きの見所では入門を希望する大名家の当主や子弟が見物していた。

そんな稽古の最中、道場の入り口近くにひっそりと座した二人連れがあった。だが、そんな二人の来訪に気付いた者はいなかった。

「やめ！」

との師範の声がかかり、打ち込み稽古をしていた門弟が道場の三方に設けられた幅二間ほどの板敷きの平床に下がって、座した。すると入り口近くにいた二人連れの訪問者が大勢の門弟の眼に曝された。

「そのほうら、入門志願の者か。ならば本日手続きをなし、入門料を支払うて後日指定の日に参られよ」

と入り口近くで稽古していた門弟が言った。だが、何人かは訪問者の顔を見て訝しげな表情を見せた。

「恐れながら、われら入門志願の者ではございませぬ」

と齢上の武士が答えた。

二人の顔には無精髭が生え、疲れも見えた。

「なにっ、入門志願の者ではない。ならば何用あって無断で道場に入ったか」

「訪いを告げましたが、どなたもお気付きにならぬゆえ、こうして道場の片隅にて稽古を見学させてもろうております」

その声を聞いた師範が、

「達則、追い出せ」

と大声で命じた。

「そなたは師範の一人かと心得る。ならば、いささか申し上げたき儀がござる。過日、わが道場は、当道場の道場主鈴木清兵衛どのを快くお迎えし、あまつさえ剣術家同士の礼儀に従い、稽古さえなし申した。ならば江戸起倒流道場にても快く受け入れる度量があってもおかしくはございますまい」

その言葉に師範が、

「何奴か」

　とさらに大きな声で問うた。

「直心影流尚武館坂崎道場坂崎磐音にござる」

　磐音の声が凛として響き渡り、さしもの広い道場が水を打ったように森閑とした静寂に包まれた。

「なにっ、尚武館道場とな。すでに神保小路の道場は召し上げになり、尚武館道場は潰れたのではないか」

「ふっふっふ」

　磐音の口から笑みがこぼれた。

「いかにも神保小路の尚武館佐々木道場は消え申した。じゃが、小梅村に尚武館坂崎道場を再興いたしました。そのことを承知ゆえ、鈴木清兵衛どのが様子伺いにおいでくだされたのではございませんか」

　磐音が、広い道場の無人の空間を挟んで見所近くに立つ鈴木清兵衛に話しかけた。松平定信ら名だたる大名、大身旗本が門弟に加わり、その者たちを含めた何百人もの門弟が二人の問答を興味津々と注視していた。

「そのようなことがあったかのう」

「覚えがございませぬか」

「それがし、日々忙しゅうしておるでのう、坂崎どの。加えて江都に江戸起倒流の武名が上がるにつれ、それがしの名を騙る者の所業にいささか困惑しておる次第でな」

「ほう、過日、小梅村の尚武館を訪ねられたのはそなた様ではのうて、偽者と申されるか」

「無礼者めが。そのほうも大方偽の尚武館道場の坂崎磐音ではないのか。当道場に道場破りに参り、草鞋銭などを強要しようというのか。帰れ帰れ」

と師範の一人が叫んだ。

「われら、道場破りではございません。ご一統様に申し上げます。わが道場に再三再四江戸起倒流を名乗り、または雇われたと称する輩が嫌がらせを計り、そのうちの何人かは成敗いたしました。なれど、その嫌がらせは一向にやむ気配がなく、昨日も、それがしの旧藩豊後関前藩の跡継ぎ福坂俊次様が道場から稽古を終えて戻ろうとした船を襲うた輩がおります。その者たちはまだ陽射しがある中、南蛮渡りの毒槍で襲い、毒矢を射かけ、関前藩家臣の籐子慈助どのとわが女門弟霧子が槍と矢の傷を受けて、ただ今生死の境をさ迷うております。念のために申し上げますが、二人の治療にあたっておられるのは、御典医桂川甫周国瑞先生に若狭小浜藩藩医中川淳庵先生にございます。それがしの言葉の真偽は、お二方がいつどこでなりとも証言なされますそうな。かくなる事態にそれがし、堪忍袋の緒が切れ申した。ゆえに本日、事の次第、真偽を糺さんと坂崎磐音自ら参上いたした次第にござる」

尚武館佐々木道場時代、徳川家基の剣術指南を務め、その死に際しては養父の佐々木玲圓、おえい夫妻が殉死していた。

その後、三年半余の流浪の旅のあと、江戸に戻り、小梅村に尚武館坂崎道場を再興したことは、すでに幕府の内外にも巷にも知られていた。そして、つい最近城中で、

「坂崎磐音が紀伊藩剣術指南」

を命ぜられたことが話題になったばかりだ。

磐音の声は淡々としていた。それだけに凄みが感じられた。

「坂崎磐音どの、江戸起倒流と申せば江戸でも屈指の大道場。まさかそのような真似をなそうか」

と見所近くに稽古着で座していた松平定信が丁寧な口調で間に入ったものだ。

「松平定信様にございましたな。それがしも当初はそのようなことがあろうかと疑いました。されど少なくとも昨日、福坂俊次様一行を襲うた首謀者は、この場に姿を見せておりませぬ師範の一人池内大五郎と判明しております」

静かな驚きが走った。

「なんの証拠をもってさような言いがかりをつけるぞ！」

高弟の一人が怒鳴った。

そのとき、見所脇の入り口の板戸が開き、顔に白布を巻いて寝巻姿の池内師範がよろよろと入ってきた。

その背後には弥助がいて、池内大五郎の首筋を綱で巻き、その綱の端を片手に握り、もう一方の手には抜き身の匕首を翳して、切っ先で背中を突いていた。

「ご一統様、この池内師範の鬢の傷はわっしが投げた鉄菱の痕でございましてね、なんならこやつをご一統様の前で喋らせてみせましょうか。理不尽に襲われ、生きるか死ぬかの戦いをなしている門弟霧子はわっしの弟子でもございましてね、坂崎様同様、わっしの怒りの虫も収まりませんので。本日のわっしはなにをしでかすか自分でも分かりませんので、江戸起倒流道場のご一統様、覚悟はようございますね」

弥助が匕首を池内大五郎の首筋にあてた。

「お待ちなされ、弥助どの。われら、こちらに遺恨をもって乗り込んだのではござらぬ。まず尚武館坂崎道場への理不尽な襲撃をやめていただくことを、鈴木清兵衛どのの口からご一統の前で約定してもらうことじゃ」

と磐音が平静な口調で応じた。

「おお、いかにもさようでした」

と言いながらも、弥助は池内大五郎の腰を蹴ると、道場の床に突き倒した。師範と言われた人物が無様に転がった。

だれもなにも応えない。

「ご返答がないようじゃ。ならば」

と磐音が呟き、

「せっかく小梅村から木挽町まで剣に生きる師弟がこうして訪ねたのでござる。鈴木清兵衛どの、過日、尚武館で快く受け入れたように、本日も剣者の挨拶、立ち合い稽古を所望してようござるかな。いえ、それがしの前に、一人だけ従うてきました門弟重富利次郎にも、江戸起倒流の業前を経験させとうございます。どなたか、それがしと鈴木清兵衛どのの前にわが門弟と立ち合うてくださるお方を選抜していただけませぬか」

と言外に直心影流尚武館坂崎道場と江戸起倒流鈴木清兵衛道場の力比べを大勢の門弟、見物人の前で宣言した。

鈴木清兵衛は応えない。

だが、全員が清兵衛の返答を待ち受けていた。

「三田次郎左衛門」

ふいに鈴木清兵衛の口から名が洩れた。

その人選に驚きの声が流れた。

三田次郎左衛門は門弟ではなかったからだ。

最近客分として時に道場に姿を見せるが、稽古をする様子もない。

だが、鹿島一刀流と称する三田の武名は関八州に鳴り響いていた。

水戸街道において常陸笠間藩牧野家の家臣十一人と些細なことから決闘に及び、五人を斃し、残り六人に大怪我をさせた大剛の剣術家として知られていたからだ。

「利次郎どの、よいな」

「はっ」

と短く答えた利次郎が持参の木刀を手に立ち上がった。

だが、三田次郎左衛門が姿を見せる気配はない。利次郎は道場の真ん中に向かうと、神棚に拝礼し、床に端坐した。

そして、四半刻が流れた。

「おおっ！」

という怒号が響き渡ったかと思うと、巨漢が武者草鞋のまま道場に飛び込んできて、

「小わっぱめ、三田次郎左衛門の相手になると思うてか」

といきなり重富利次郎に襲いかかった。

利次郎が片膝をつき、かたわらの木刀を手にとると、巨漢の胴に痛烈な一撃を加えた。一瞬の間で利次郎の胴打ちが決まり、横手に五、六間も吹き飛ばされた三田次郎左衛門が痙攣し、気を失った。

片膝を折って再び端坐した利次郎は神棚に一礼し、下がった。

道場内は森閑として声もない。

磐音が立ち上がった。

「利次郎どの、見事な後の先にござった。それがしもそなたの勝ちに肖り、木刀

をお借りしよう」

利次郎の木刀を借り受けた磐音がふだんの穏やかな眼差しを捨てて、炯眼煌々(けいがんこうこう)と鈴木清兵衛を睨んだ。

直心影流尚武館佐々木道場は佐々木玲圓健在の頃、門弟数百を数え、猛稽古で知られた道場であった。その後継たる坂崎磐音の視線を受けて、鈴木清兵衛は竦んだ。

「鈴木どの、そなたの前に門弟衆と立ち合えと申されるなれば、坂崎磐音、幾人でもお受けいたそう」

磐音の言葉は格の違いを表していた。

鈴木清兵衛から視線を外した磐音が、ゆっくりと門弟衆を見回した。

だれ一人として、徳川家基の剣術指南だった人物に挑みかかる気概を持った弟子はいなかった。

磐音の弟子の重富利次郎が見せた一撃は、江戸起倒流鈴木道場の門弟たちに驚愕と衝撃を与えていた。その師が江戸起倒流の道場に乗り込み、

「尋常の勝負」

を挑んでいるのだ。それも白河藩の松平定信ら諸大名が見詰める中でだ。

「鈴木先生」

と師範の一人が声をかけた。

にやり
と不気味な嗤(わら)いを片頬に浮かべた鈴木清兵衛が、

「刀を持て」

と命じた。

ざわめきが起こった。

磐音は他流稽古のかたちをとり、決着をつけようとした。

だが、鈴木清兵衛が望んだのは真剣勝負だった。

「若先生」

利次郎が包平に手をかけた。

「利次郎どの、神聖なる道場を血で穢(けが)してもなりますまい。そなたの木刀で立ち合おう」

利次郎の心遣いを断ると、その場に座して神棚に拝礼した。そして、再び立ち上がった。

鈴木清兵衛は稽古着で黒塗鞘の大刀を手に、つかつかと磐音の前にやってきた。

「坂崎磐音、二本の足で歩いては帰さぬ」

「小梅村では正体を隠しておられたか」

「はてのう。直心影流尚武館の時代は終わった」

「江戸起倒流の到来にござるか。拝見いたしましょうか」

磐音は利次郎の木刀を正眼に構えた。

鈴木清兵衛も肥後同田貫上野介(ひごどうたぬきこうずけのすけ)刃渡り二尺四寸三分を抜き放つと、下段に置いた。

磐音はいつもどおりの正眼に構えた。すると最前からの怒気が五体から消え去り、長閑な空気が漂った。

「春先の縁側で日向ぼっこをしながら、居眠りしている年寄り猫」

と評された居眠り剣法の真骨頂だ。

だが、この日の坂崎磐音は、

「居眠り剣法の衣を纏(まと)った怒りの虎」

の性根を隠していた。

鈴木清兵衛の下段の剣が流れるように動いて脇構えに移った。

両者の間合いはおよそ一間半。

ぎらぎらとした眼光で磐音の表情を読む鈴木清兵衛。そよ、とした佇まいで木刀を正眼に構える坂崎磐音。まるで対照的な表情であり、構えだった。

不動の構えながら両者が醸し出す雰囲気は、

「動と静」

だった。

長い時が流れたようにも、刹那(せつな)の刻が過ぎたようにも、見物のだれしもがそう感じたとき、

すっ

と鈴木清兵衛の腰が沈み、

つつつつつ

と滑るように磐音に向かって踏み込み、脇構えの剣が磐音の太腿から腰を斬り上げた。

磐音は引き付けるだけ引き付けて、足元から伸び上がってくる毒蛇のごとき動きの鈴木の剣を木刀で弾いた。

それは鈴木清兵衛とて承知の上、即座に刃を巡らすと、不動の磐音の横を駆け

抜けながら、弾かれた刃を片手殴りに磐音の胴へと変転させた。

磐音は木刀を正眼の構えに戻しながら、

そより

とわずかに身をずらして鈴木清兵衛の胴斬りを寸毫（すんごう）の間合いで躱（かわ）した。二撃目を外された鈴木は、

くるり

と反転すると余裕を見せるように、

「駆け引きは終わった」

と満座の衆に聞こえるように呟いた。

磐音は無言だ。

鈴木清兵衛が下段の構えに戻し、呼吸を整えた。

だれの眼にもわずか二合の攻めで息が弾んでいるのは鈴木清兵衛で、深山幽谷にひっそりと静かな水面を見せる湖のように悠久の風に吹かれているのは坂崎磐音だった。

下段の切っ先がこんどはゆるゆると弧を描いて上がり始めた。

高弟の数人しか見たことがない、

「江戸起倒流の必殺技陰陽一技」

への序章だった。

「おおお」

と数人の者たちの口から思わず期待の声が洩れた。

鈴木清兵衛の刃がゆるやかに水平になり、さらに上方へと上がり続けた。そして、垂直に剣が立てられ、必殺技の構えが整った。

この先、踏み込みながらの斬り下ろしか、それとも隠された技があるのか。

磐音はただ静かに相手の攻めが整うのを待っていた。

ふうっ
と息を吐いた鈴木清兵衛が踏み込もうとして、磐音の静かなる双眸(そうぼう)に気付いた。そのとき、肉を断らせて骨を断つ、斬り下ろしを放棄した。

すすっ
と上段の剣が中段に下がり、刃が水平に保たれた。

「陰陽一技の突き」

の構えを鈴木清兵衛は選び、動こうとした。

その瞬間、磐音の正眼の木刀の先端が下がり、同じ突きの構えに移行した。

どよめきが起こった。

鈴木清兵衛は先の先を外され、後の先によって攻めを封じられた。いや、互いに突きに託するしかもはや技も動きも選べなかった。

一瞬、坂崎磐音と鈴木清兵衛が睨み合った。

剣客としての対決以前の挙措において引けを取らされた鈴木清兵衛の両眼が憎しみに爛々と輝き、磐音が静かに受けた。

「おおっ！」

と裂帛の気合いを発した鈴木清兵衛の切っ先が伸びてゆき、それに合わせて磐音が不動の姿勢のままに木刀を胸前に引き付け、滑るように繰り出した。

飛来しながらの突きと不動の姿勢の受けの突きが一瞬の間に交錯し、
ぽーん
と虚空に体が飛んで、後ろ向きに道場の床に叩き付けられ悶絶したのは、鈴木清兵衛だった。

しばらく、一撃のあとの残心を保っていた磐音がゆっくりと木刀を下ろし、

「ご一統様に申し上げる。剣術家同士の尋常な稽古にござる。そうお心得いただきたい」

と静かに申し述べた。さらに、

「ご免」

の一言を残すと、江戸起倒流鈴木道場を静かに出た。するとすでに玄関先に弥助と利次郎が待ち受けていた。

「若先生」

利次郎がなにかを言いかけた。

「気持ちが少しは晴れたか」

「はい」

「やってはならぬ行いじゃが、こたびばかりは坂崎磐音、未だ青し」

と磐音の口から洩れ、

「あとは……」

という言葉の先を、弥助も利次郎も理解していた。

（霧子、必ず元気になって尚武館に戻ってくるのじゃぞ）

磐音はそのとき、なぜか朝（あした）に咲き、夕べには生を終える白木槿の花びらを脳裏に思い浮かべていた。

この作品は双葉文庫のために書き下ろされました。

双葉文庫

さ-19-49

居眠り磐音 江戸双紙
いねむ いわね えどぞうし

木槿ノ賦
むくげ ふ

2013年1月13日　第1刷発行

【著者】
佐伯泰英
さえきやすひで

【発行者】
赤坂了生

【発行所】
株式会社双葉社
〒162-8540 東京都新宿区東五軒町3番28号
[電話] 03-5261-4818(営業)　03-5261-4833(編集)
www.futabasha.co.jp
(双葉社の書籍・コミックが買えます)

【印刷所】
大日本印刷株式会社

【製本所】
株式会社宮本製本所

【表紙・扉絵】南伸坊
【フォーマット・デザイン】日下潤一
【フォーマットデジタル印字】飯塚隆士

落丁・乱丁の場合は送料双葉社負担でお取り替えいたします。
「製作部」宛にお送りください。
ただし、古書店で購入したものについてはお取り替えできません。
[電話] 03-5261-4822(製作部)

定価はカバーに表示してあります。

ISBN978-4-575-66596-3 C0193
Printed in Japan

◎文庫整理番号について

先般、読者の皆様より、文庫整理番号と「居眠り磐音 江戸双紙」シリーズの巻数が一致しないとのご指摘を頂戴しましたので、改めて両者の関係についてご説明いたします。

双葉文庫のカバー背表紙上部のオレンジ色の丸いマーク内の文字と数字の組合せが文庫整理番号です。

双葉社の佐伯泰英作品の文庫整理番号は、【さ19-〇】となります。

文庫整理番号の振り方は以下の通りとなります。

「さ」は、佐伯泰英の「さ」。

「19」は、双葉文庫において、頭文字に「さ」の付く19人目の作家ということになります。

そして、ハイフンの後の数字は、双葉文庫における佐伯泰英作品の刊行順を表します。

文庫整理番号はその作家の作品刊行順を表すもので、必ずしもシリーズの巻数と一致するものではありません。

双葉文庫　佐伯泰英　全作品リスト

○「居眠り磐音　江戸双紙」シリーズ

第1巻　陽炎ノ辻　文庫整理番号【さ19-01】二〇〇二年　四月刊行
第2巻　寒雷ノ坂　文庫整理番号【さ19-02】二〇〇二年　七月刊行
第3巻　花芒ノ海　文庫整理番号【さ19-03】二〇〇二年　十月刊行
第4巻　雪華ノ里　文庫整理番号【さ19-04】二〇〇三年　二月刊行
第5巻　龍天ノ門　文庫整理番号【さ19-05】二〇〇三年　五月刊行
第6巻　雨降ノ山　文庫整理番号【さ19-06】二〇〇三年　八月刊行
第7巻　狐火ノ杜　文庫整理番号【さ19-07】二〇〇三年十一月刊行
第8巻　朔風ノ岸　文庫整理番号【さ19-08】二〇〇四年　三月刊行
第9巻　遠霞ノ峠　文庫整理番号【さ19-09】二〇〇四年　五月刊行
第10巻　朝虹ノ島　文庫整理番号【さ19-10】二〇〇四年　九月刊行
第11巻　無月ノ橋　文庫整理番号【さ19-11】二〇〇四年十一月刊行
第12巻　探梅ノ家　文庫整理番号【さ19-12】二〇〇五年　三月刊行
第13巻　残花ノ庭　文庫整理番号【さ19-13】二〇〇五年　六月刊行

第14巻　夏燕ノ道　文庫整理番号【さ19-14】二〇〇五年八月刊行
第15巻　驟雨ノ町　文庫整理番号【さ19-15】二〇〇五年十一月刊行
第16巻　螢火ノ宿　文庫整理番号【さ19-16】二〇〇六年三月刊行
第17巻　紅椿ノ谷　文庫整理番号【さ19-17】二〇〇六年三月刊行
第18巻　捨雛ノ川　文庫整理番号【さ19-18】二〇〇六年六月刊行
第19巻　梅雨ノ蝶　文庫整理番号【さ19-19】二〇〇六年九月刊行
第20巻　野分ノ灘　文庫整理番号【さ19-20】二〇〇七年一月刊行
第21巻　鯖雲ノ城　文庫整理番号【さ19-21】二〇〇七年一月刊行
第22巻　荒海ノ津　文庫整理番号【さ19-22】二〇〇七年四月刊行
第23巻　万両ノ雪　文庫整理番号【さ19-23】二〇〇七年八月刊行
第24巻　朧夜ノ桜　文庫整理番号【さ19-25】二〇〇八年一月刊行
第25巻　白桐ノ夢　文庫整理番号【さ19-27】二〇〇八年四月刊行
第26巻　紅花ノ邨　文庫整理番号【さ19-28】二〇〇八年七月刊行
第27巻　石榴ノ蠅　文庫整理番号【さ19-29】二〇〇八年九月刊行
第28巻　照葉ノ露　文庫整理番号【さ19-32】二〇〇九年一月刊行
第29巻　冬桜ノ雀　文庫整理番号【さ19-33】二〇〇九年四月刊行

第30巻　侘助ノ白　文庫整理番号【さ19-34】二〇〇九年　七月刊行
第31巻　更衣ノ鷹（上）　文庫整理番号【さ19-35】二〇一〇年　一月刊行
第32巻　更衣ノ鷹（下）　文庫整理番号【さ19-36】二〇一〇年　一月刊行
第33巻　孤愁ノ春　文庫整理番号【さ19-38】二〇一〇年　五月刊行
第34巻　尾張ノ夏　文庫整理番号【さ19-39】二〇一〇年　九月刊行
第35巻　姥捨ノ郷　文庫整理番号【さ19-40】二〇一一年　一月刊行
第36巻　紀伊ノ変　文庫整理番号【さ19-41】二〇一一年　四月刊行
第37巻　一矢ノ秋　文庫整理番号【さ19-42】二〇一一年　七月刊行
第38巻　東雲ノ空　文庫整理番号【さ19-44】二〇一二年　一月刊行
第39巻　秋思ノ人　文庫整理番号【さ19-46】二〇一二年　六月刊行
第40巻　春霞ノ乱　文庫整理番号【さ19-47】二〇一二年　十月刊行
第41巻　散華ノ刻　文庫整理番号【さ19-48】二〇一二年十二月刊行
第42巻　木槿ノ賦　文庫整理番号【さ19-49】二〇一三年　一月刊行

○「居眠り磐音　江戸双紙」読本　文庫整理番号【さ19-26】二〇〇八年　一月刊行
（特別書き下ろし中編小説・シリーズ番外編「跡継ぎ」収録）

○居眠り磐音　江戸双紙　帰着準備号　橋の上
文庫整理番号【さ19-43】二〇一一年　十月刊行
（「著者メッセージ&インタビュー」「磐音が歩いた『江戸』案内」「年表」収録）

○吉田版「居眠り磐音」江戸地図
文庫整理番号【さ19-45】二〇一二年　一月刊行

○その他 佐伯泰英作品

幻夢　イルシオン　文庫整理番号【さ19-24】二〇〇七年　十月刊行

ユダの季節　文庫整理番号【さ19-30】二〇〇八年　十月刊行

テロルの季節　文庫整理番号【さ19-31】二〇〇八年十二月刊行

夢、疾る　村松栄紀　あるレーシングドライバーの軌跡
文庫整理番号【さ19-37】二〇一〇年　四月刊行

公式ホームページ開設のお知らせ

「居眠り磐音 江戸双紙」の公式ホームページを
開設いたしました。著者インタビューなど
「居眠り磐音 江戸双紙」の世界が
いっそう楽しめる企画満載です。
また、続巻の発売予定が決まり次第、
当ホームページ内でお知らせいたします。
インターネットで
http://inemuriiwane.jp/
をご覧ください。
またはインターネット検索で
「居眠り磐音 江戸双紙」で検索してください。

池波正太郎　**熊田十兵衛の仇討ち**

時代小説短編集

熊田十兵衛は父を闇討ちした山口小助を追って仇討ちの旅に出たが、苦難の旅の末に……。表題作ほか十一編の珠玉の短編を収録。

池波正太郎　**元禄一刀流**

時代小説短編集
〈初文庫化〉

相戦うことになった道場仲間、一学と孫太夫の運命を描く表題作など、文庫未収録作品七編を収録。細谷正充編。

岡田秀文　**魔将軍**
室町の改革児　足利義教の生涯

長編歴史小説

宿老らに政治の実権を握られ、弱体化しつつあった室町幕府を立て直した足利義教。くじ引きで将軍となった男の統治手法とは……。

岡田秀文　**太閤暗殺**

長編歴史時代
ミステリー

天下人・太閤秀吉と、その首を狙う大盗賊・石川五右衛門のスリリングな対決！　おすすめ文庫王国・時代小説部門第一位に輝く傑作。

海道龍一朗　**悪忍**（あくにん）
加藤段蔵無頼伝

長編歴史活劇

時は戦国。乱世を舞台に駆け抜ける一人の忍者・加藤段蔵。己の力のみを頼りに名だたる戦国武将を誑かす〝悪忍〟が狙うモノとは……。

佐伯泰英　**陽炎ノ辻**（かげろうのつじ）
居眠り磐音（いわね）　江戸双紙1

長編時代小説
〈書き下ろし〉

直心影流の達人坂崎磐音が巻き込まれた、幕府を揺さぶる大事件！　颯爽と悪を斬る、著者渾身の痛快時代小説！　大好評シリーズ第一弾。

佐伯泰英　**寒雷ノ坂**（かんらいのさか）
居眠り磐音（いわね）　江戸双紙2

長編時代小説
〈書き下ろし〉

内藤新宿に待ち受けていた予期せぬ大騒動。深川六間堀で浪々の日々を送る好漢・坂崎磐音が振るう直心影流の太刀捌き！シリーズ第二弾。

佐伯泰英
居眠り磐音（いわね） 江戸双紙10
朝虹（あさにじ）ノ島
長編時代小説〈書き下ろし〉
炎暑が続く深川六間堀。楊弓場の朝次から、行方知れずの娘芸人を捜してくれと頼まれた坂崎磐音は……。大好評時代小説シリーズ第十弾。

佐伯泰英
居眠り磐音（いわね） 江戸双紙11
無月（むげつ）ノ橋
長編時代小説〈書き下ろし〉
秋の深川六間堀、愛刀包平の研ぎを頼んだことで思わぬ騒動に。穏やかな磐音の人柄に心が和む、大好評痛快時代小説シリーズ第十一弾。

佐伯泰英
居眠り磐音（いわね） 江戸双紙12
探梅（たんばい）ノ家
長編時代小説〈書き下ろし〉
雪が舞う深川六間堀、金兵衛長屋の浪人坂崎磐音は御府内を騒がす押し込み探索に関わり……。大好評痛快時代小説シリーズ第十二弾。

佐伯泰英
居眠り磐音（いわね） 江戸双紙13
残花（ざんか）ノ庭
長編時代小説〈書き下ろし〉
水温む江戸の春、日暮里界隈に横行する美人局騒ぎで、坂崎磐音は同心木下一郎太を手助けすることに。大好評時代小説シリーズ第十三弾。

佐伯泰英
居眠り磐音（いわね） 江戸双紙14
夏燕（なつつばめ）ノ道
長編時代小説〈書き下ろし〉
両替商今津屋の老分番頭由蔵らと日光社参に随行することになった磐音だが、出立を前に思わぬ事態が出来する。大好評シリーズ第十四弾。

佐伯泰英
居眠り磐音（いわね） 江戸双紙15
驟雨（しゅうう）ノ町
長編時代小説〈書き下ろし〉
助力の礼にと招かれた今津屋吉右衛門らの案内役として下屋敷に向かった磐音は、父正睦より予期せぬことを明かされる。シリーズ第十五弾。

佐伯泰英
居眠り磐音（いわね） 江戸双紙16
螢火（ほたるび）ノ宿（しゅく）
長編時代小説〈書き下ろし〉
小田原脇本陣・小清水屋の長女お香奈と大塚左門が厄介事に巻き込まれる。一方、白鶴太夫にも思わぬ噂が……。大好評シリーズ第十六弾。

佐伯泰英　居眠り磐音 江戸双紙17　紅椿ノ谷
長編時代小説〈書き下ろし〉
菊花薫る秋、両替商・今津屋吉右衛門とお佐紀の祝言に際し、花嫁行列の案内役を務めることになった磐音だが。大好評シリーズ第十七弾。

佐伯泰英　居眠り磐音 江戸双紙18　捨雛ノ川
長編時代小説〈書き下ろし〉
坂崎磐音と品川柳次郎は南町奉行所定廻り同心・木下一郎太に請われ、賭場の手入れに関わることに……。大好評シリーズ第十八弾。

佐伯泰英　居眠り磐音 江戸双紙19　梅雨ノ蝶
長編時代小説〈書き下ろし〉
佐々木玲圓道場改築完成を間近に控えたある日、坂崎磐音と南町奉行所定廻り同心・木下一郎太は火事場に遭遇。大好評シリーズ第十九弾。

佐伯泰英　居眠り磐音 江戸双紙20　野分ノ灘
長編時代小説〈書き下ろし〉
墓参のため、おこんを同道して豊後関前への帰国を願う父正睦の書状が届く。一方、磐音を狙う新たな刺客が出現。大好評シリーズ第二十弾。

佐伯泰英　居眠り磐音 江戸双紙21　鯖雲ノ城
長編時代小説〈書き下ろし〉
御用船の舳先に立つ磐音とおこんは、断崖に聳える白鶴城を望んでいた。折しも、関前でよからぬ事が出来する。大好評シリーズ第二十一弾。

佐伯泰英　居眠り磐音 江戸双紙22　荒海ノ津
長編時代小説〈書き下ろし〉
豊後関前を発った坂崎磐音とおこんは、福岡藩の御用達商人、箱崎屋次郎平の招きに応えて筑前博多に辿り着く。大好評シリーズ第二十二弾。

佐伯泰英　居眠り磐音 江戸双紙23　万両ノ雪
長編時代小説〈書き下ろし〉
磐音とおこんが筑前より帰府の途次にいる頃、笹塚孫一は厄介な事態に直面していた。六年前捕縛した男が島抜けしたのだ。

佐伯泰英

居眠り磐音 江戸双紙24

朧夜ノ桜

長編時代小説〈書き下ろし〉

桂川国瑞と織田桜子の祝言に列席するため、麻布広尾村に出向いた磐音とおこんは、花嫁行列を塞ぐ不逞の輩に遭遇し……。

佐伯泰英

居眠り磐音 江戸双紙25

白桐ノ夢

長編時代小説〈書き下ろし〉

西の丸に出仕する依田鐘四郎を通じ、大納言家基より予て約定のものを手配いたせとの言伝が磐音にもたらされるが……。

佐伯泰英

居眠り磐音 江戸双紙26

紅花ノ邨

長編時代小説〈書き下ろし〉

紅花商人の前田屋内蔵助に身請けされ、山形に旅立っていった奈緒の身に危難が迫っていた。磐音は奥州道中を北へ向かう。

佐伯泰英

居眠り磐音 江戸双紙27

石榴ノ蠅

長編時代小説〈書き下ろし〉

出羽山形を発ち、日光道中の帰路を急いでいた磐音ら一行は、江戸を目前にした千住掃部宿で窮地に陥った若侍を助けるが……。

佐伯泰英

居眠り磐音 江戸双紙28

照葉ノ露

長編時代小説〈書き下ろし〉

直参旗本設楽家の当主の酒乱が元で巻き起こった大騒動。同心木下一郎太に相談を持ちかけられた磐音は上総に向かう。シリーズ第二十八弾。

佐伯泰英

居眠り磐音 江戸双紙29

冬桜ノ雀

長編時代小説〈書き下ろし〉

おこんらを伴い、千鳥ヶ淵一番町に冬桜見物にやってきた磐音は、通りすがりに武家の諍いを仲裁したのだが……。

佐伯泰英

居眠り磐音 江戸双紙30

侘助ノ白

長編時代小説〈書き下ろし〉

土佐に辿りついた重富利次郎は、帰着早々危難に見舞われる。一方、金兵衛長屋に得体の知れない浪人夫婦が引っ越してきた。

佐伯泰英

居眠り磐音 江戸双紙31
更衣ノ鷹（上）

長編時代小説〈書き下ろし〉

佐々木磐音と槍折れの達人小田平助は、研ぎ師の鵜飼百助邸を訪ねるが、両国橋で予期せぬ襲撃を受け……。シリーズ第三十一弾。

佐伯泰英

居眠り磐音 江戸双紙32
更衣ノ鷹（下）

長編時代小説〈書き下ろし〉

神保小路の尚武館道場に老中田沼意次の用人が現れた。用人が同道した武芸者らを嗾けたことで、磐音は真剣での稽古をなすことに……。

佐伯泰英

居眠り磐音 江戸双紙33
孤愁ノ春

長編時代小説〈書き下ろし〉

今津屋の御寮がある小梅村に身を移した佐々木磐音とおこん。田沼一派の監視の眼が光る中、新たな刺客が現れる。シリーズ第三十三弾。

佐伯泰英

居眠り磐音 江戸双紙34
尾張ノ夏

長編時代小説〈書き下ろし〉

名古屋城下に仮住まいをはじめた磐音とおこん。呉服問屋に立ち寄った折り、家康公所縁の陣羽織を巡る騒動に巻き込まれる。

佐伯泰英

居眠り磐音 江戸双紙35
姥捨ノ郷

長編時代小説〈書き下ろし〉

尾張名古屋城下の影ノ流藩道場に通い、連日稽古に励む坂崎磐音。そんな折り、道場に現れた大和柳生の剣客が、磐音との稽古を願い出る。

佐伯泰英

居眠り磐音 江戸双紙36
紀伊ノ変

長編時代小説〈書き下ろし〉

姥捨の郷で安息な日々を送っていた坂崎磐音。だが、幕府財政立直しを図る田沼意次の方針が打ち出され、政のかけひきに巻き込まれていく。

佐伯泰英

居眠り磐音 江戸双紙37
一矢ノ秋

長編時代小説〈書き下ろし〉

坂崎磐音一行は、嫡男空也を囲み姥捨の郷で和やかな日々を送っていた。一方江戸では、品川柳次郎が尚武館道場の解体現場に遭遇する。

佐伯泰英
居眠り磐音（いわね） 江戸双紙38
東雲ノ空（しののめのそら）
長編時代小説〈書き下ろし〉
天明二年秋、坂崎磐音の江戸帰着を阻止せんと田沼意次一派が警戒を強めるなか、六郷の渡しに子供を連れた旅の一行が差し掛かり……。

佐伯泰英
居眠り磐音（いわね） 江戸双紙39
秋思ノ人（しゅうしのひと）
長編時代小説〈書き下ろし〉
甲府勤番支配の職を解かれた速水左近は、田沼一派が監視をする中、江戸へと出立した。道中を案じた坂崎磐音は夜明けの甲州路を急ぐ。

佐伯泰英
居眠り磐音（いわね） 江戸双紙40
春霞ノ乱（はるがすみのらん）
長編時代小説〈書き下ろし〉
中居半蔵に呼び出され佃島に向かった坂崎磐音は、藩物産事業に絡む疑念を打ち明けられる。折りしも佃島沖に関前藩新造船が到着し……。

佐伯泰英
居眠り磐音（いわね） 江戸双紙41
散華ノ刻（さんげのとき）
長編時代小説〈書き下ろし〉
関前藩の内紛で窮地に落ちた父正睦を救った坂崎磐音。江戸藩邸で藩主の正室お代の方の変わり果てた姿を目の当たりにした磐音は……。

佐伯泰英 著・監修
「居眠り磐音（いわね） 江戸双紙」読本
ガイドブック〈文庫オリジナル〉
「深川・本所」の大型カラー地図をはじめ、地図や読み物満載。由蔵と少女おこんの出会いを描いた書き下ろし「跡継ぎ」を収録。

佐伯泰英 著・監修
居眠り磐音（いわね） 江戸双紙
帰着準備号 **橋の上**
中編時代小説〈書き下ろし〉
明和六年、豊後関前藩主の参勤に従い江戸の地に立った坂崎磐音は、両国橋で厄介事に遭遇する。若き日の磐音を描く書き下ろし中編収録。

佐伯泰英 監修
吉田版 **「居眠り磐音（いわね）」江戸地図**
超特大1枚地図〈縦75チセン×横80チセン〉
小説の舞台となった町や川や橋、登場人物が暮らす屋敷や長屋の詳細な位置がひと目でわかる超特大江戸地図。地図原作・吉田喜久雄。